LE DRAPIER D'ASSISE

Du même auteur

Cris étouffés de Tadjoura, roman, Loris Talmart, 1987
Sauvegardes, fictions, Loris Talmart, 1988
Le voisin sait bien des choses, essai, Syros, 1990
L'oiseau carcasse, roman, François Bourin/Julliard, 1991
L'escalier de Balthazar, roman, Julliard, 1994
Une goutte d'encre dans l'océan, roman, Desclée de Brouwer, 1996
Pluie brûlée, poèmes, Loris Talmart, 1999
La nuit des princes, fiction, Alternatives, 1999
Un matin sur Babel, un soir à Manhattan, fiction, Alternatives, 2001
Et fuguer à ta place, roman, Le Félin, 2002
Vivre ses tensions intérieures, essai, L'Atelier, 2002
La Passion, avec Ye Shuxian, Desclée de Brouwer, 2003
Azulejos, poèmes, Loris Talmart, 2004
Le chant des dunes, fiction, Alternatives, 2004
L'idiot du village mondial (dir.), essai, Éd. Ch.-L. Mayer, 2004
Passeport pour Brasilia, fiction, Elytis, 2012
L'intelligence de l'autre, avec M. Vielajus, essai, Éd. Ch.-L. Mayer, 2007
L'intelligence interculturelle, avec M. Vielajus, essai, Éd. Ch.-L. Mayer, 2014
Le passe-murailles, essai, Éd. franciscaines, 2015

Michel Sauquet

LE DRAPIER D'ASSISE

Roman

SALVATOR

103, rue Notre-Dame-des-Champs
F-75006 Paris

Yves Briend Éditeur, S.A.
103, rue Notre-Dame-des-Champs F-75006 Paris
www.editions-salvator.com
contact@editions-salvator.com

Maquette intérieure : Atlant'Communication
Maquette de couverture : Lys Design / Isabelle de Senilhes

ISBN : 978-2-7067-1336-1

Ô cupidité aveugle et colère folle,
qui nous éperonne dans la courte vie,
pour nous baigner si mal dans l'éternelle !

Dante
La divine comédie

Compagnons inconnus, vieux frères, nous arriverons ensemble, un jour, aux portes du royaume de Dieu [...] Ma vie est déjà pleine de morts. Mais le plus mort des morts est le petit garçon que je fus. Et pourtant, l'heure venue, c'est lui qui reprendra sa place à la tête de ma vie, rassemblera mes pauvres années jusqu'à la dernière, et comme un jeune chef ses vétérans, ralliant la troupe en désordre, entrera le premier dans la Maison du Père.

Bernanos
Les grands cimetières sous la lune

Avertissement

De Pietro di Bernardone dei Moriconi, drapier à Assise, époux de Dona Joanna Pica de Bourlémont et père de sept enfants, dont celui qui deviendra saint François d'Assise, on ne sait rien. Ou si peu.

On sait seulement qu'il fut immensément riche, qu'il bâtit un commerce prospère et qu'il s'emporta plus d'une fois face à l'insoumission de son fils François, l'héritier, pourtant promis à un brillant avenir de marchand, peut-être de chevalier.

On sait qu'un jour de 1206, pour l'avoir vu faire main basse sur son argent au profit de la reconstruction d'une église délabrée, il traîna son fils sur la place publique devant la justice de l'évêque d'Assise, et qu'il ne récolta là qu'un camouflet d'une violence inouïe : lui abandonnant son or et ses vêtements, le fils quitta la maison familiale pour n'y plus jamais revenir.

Ensuite, rien, hormis quelques rencontres inopinées et orageuses entre le père et le fils dans les rues d'Assise. Quelques lignes dans les dizaines de milliers de pages noircies par les biographes, sans plus, comme si ceux-ci avaient été tellement fascinés par la figure du fils – ce que l'on peut comprendre – qu'ils n'ont eu cure de consacrer un seul chapitre à celle du père, ce qui, pour moi, demeure incompréhensible.

Les archives de la ville d'Assise font état de la transmission à Ángelo di Bernardone, le cadet, du patrimoine de Pietro en 1215. D'après cette simple information, on suppose que cette date est celle de la mort de ce dernier. Mais sans aucune certitude.

Si j'ai triché dans cette fiction, ce n'est que sur la date présumée de ce décès, que j'ai repoussée d'une demi-douzaine d'années. Nullement sur le reste, puisque l'on ne sait rien. Absolument rien.

M.S.

I

Une ruelle vide. Un esprit vide. Attendre. Attendre jusqu'à l'aube, jusqu'à ce jour que je n'espérais plus.

Aucun bruit ne trouble la nuit d'Assise. Mes chandelles empestent, peinent à éclairer le réduit de pierre où j'ai cherché refuge à l'étage, désertant ce lit conjugal qui m'est devenu détestable, Francesco, depuis que ta mère n'est plus de ce monde. Les serviteurs et les commis ronflent à l'entresol, je les entends à peine. La porte est verrouillée à triple tour.

Voici ma dernière insomnie, ma dernière nuit de solitude avant la grande épreuve.

C'est peu dire que je la redoute. Ainsi, nous aurons dû attendre quinze ans !

Quinze ans, depuis cette maudite scène du palais épiscopal, depuis ce simulacre de procès en plein air. Quinze ans depuis ton coup de folie, ta désertion, ton reniement, ta trahison !

Quinze ans que je rumine cette humiliation, Francesco. Quinze ans que je retiens ma colère.

Je me connais. Demain, l'émotion risque de m'étrangler et les mots ne sortiront peut-être pas de ma gorge : je serai sans voix devant toi, mon fils que je ne reconnaîtrai même plus, tant ta vie de traîne-misère a dû te transformer.

Je n'imagine pas combien de temps durera cette effrayante entrevue. Mes envoyés et ceux de Giacomina ta comparse se sont contentés d'en convenir le lieu – perdu dans la campagne, comme si personne ne devait nous voir – et d'en fixer l'heure, mais non point la durée. Dieu sait si nous supporterons ce face-à-face, Dieu sait ce que nous parviendrons à nous dire.

N'ayant pu le crier pendant toutes ces années, j'ai résolu de t'adresser cette lettre en émissaire. Elle te dira, si je ne puis le faire de vive voix, dans quel état ta trahison m'a plongé. Peut-être ne pourras-tu même pas la lire – on te dit si malade, moitié aveugle, rongé par les insectes ! Mais l'un des bons à rien qui t'entourent et te suivent comme des chiots acceptera probablement de t'en délivrer le message.

Quinze ans ! Quinze ans à ressasser ce cauchemar, Francesco, à ne point me consoler d'avoir assisté, impuissant, au reniement brutal de ce que furent tes commencements, si brillants, si prometteurs ! Tu étais mon fils choyé ; j'étais encore un père craint et respecté. J'imaginais même que tu avais quelque affection à mon endroit.

Je t'avais pris avec moi dans le magasin dès l'âge de quatorze ans, t'arrachant aux mains des chanoines, dont l'instruction ne t'apportait rien – bribes de latin, vernis de culture religieuse mal dégrossie, rudiments de calcul que je dus ensuite reprendre de A à Z. D'année en année, je t'avais enseigné tout ce qui était nécessaire à notre commerce : comment passer l'aune le long des lisières d'une étoffe, en apprécier la texture, en détecter l'origine et en mesurer la valeur. Comment s'accorder à la mode venue de France, entraîner un client au-dehors jusqu'au milieu de la rue pour lui faire apprécier à la lumière du jour le contour d'une broderie, la blancheur d'un drap, le brillant d'un damas… Comment venir à bout de la méfiance d'un autre osant récuser l'aunage d'un coupon en le conduisant aux étalons incrustés dans le bas de la tour de la Commune…

Je t'avais appris les règles en vigueur dans le négoce, montré comment tenir les comptes, faire le relevé des dépenses, des taxes et des péages, comment mener tractations et marchandages, maîtriser ton langage et ta posture au comptoir… À deux reprises, malgré ta jeunesse et l'opposition de ta mère, je t'avais emmené avec moi en France pour faire la tournée des grandes foires du royaume.

Partis d'Assise en convoi avec d'autres drapiers et quelques orfèvres, nous rejoignions alors les caravanes florentines, encadrés d'hommes d'armes, car la route était longue et parsemée d'embûches. Dans les auberges où le soir nous échouions, épuisés par les cahots et le vent, je te surprenais à tendre l'oreille pour ne rien perdre des gaudrioles des autochtones avinés. Tu attrapais quelques mots de leur français grossier, t'amusant à les défier dans ton propre patois. Chaque fois que notre convoi croisait un troubadour ou des jongleurs, tu me suppliais de nous arrêter et tu engrangeais leurs tours magiques dans ta petite tête toujours en éveil.

Il nous fallait plusieurs semaines pour atteindre la Champagne. Lorsque nous y parvenions, nous passions des jours entiers dans les villes marchandes dont les rues scintillaient de l'éclat des bijoux et de l'ivoire. On sentait l'encens, la girofle, la cannelle, la cardamome… Avec toi, nous nous frayions un chemin parmi la foule compacte, entre les montreurs d'ours, les cracheurs de feu, les convois d'ânes et de mulets. Dans les ruelles étroites, nous frôlions les étals des merciers, les échoppes des changeurs, les boutiques obscures des parcheminiers et des pelletiers qui regorgeaient de vair, d'hermine et de martre pour fourrer les manteaux. Nous dépassions les ateliers puants des tanneurs et des selliers, les amoncellements de cognées, de faux et de faucilles… Nous faisions mine de ne pas voir les crève-la-faim et les malades qui se pressaient près des boutiques des droguistes avec leurs rognes et leur gale, dans l'espoir de humer quelque poudre miraculeuse.

Sur le marché des textiles, je te faisais tâter la marchandise, observer l'éclat des satins, la finesse et la douceur incomparables des draps venus du Brabant, la légèreté des taffetas, la lourdeur des brocards, le soyeux des tissus orientaux, les trouvailles des brodeurs et l'infinie variété de leurs dessins. Je t'enseignais à détecter l'origine d'une étoffe à son seul toucher. Souviens-toi : après les premières leçons – ce drap-ci vient d'Ypres, cet autre de Bruges, et forcément celui-ci de Lille… –, je te mettais à l'épreuve, et tu apprenais si vite que parfois je me demandais si un jour tu n'en saurais pas bien plus que moi. Avant tout, je t'engageais à te méfier des arnaques comme à flairer les aubaines.

J'en profitais aussi pour t'enseigner le long travail qui précède l'obtention de tous ces produits que nous allions acheter puis revendre, depuis la tonte des moutons jusqu'à la coloration des tissus. Je bourrais ton crâne, je le reconnais, te parlant dessuintage, ensimage, peignage, filature, ourdissage et tissage… Je t'avais appris à distinguer les fils de chaîne des fils de trame, insisté sur l'importance d'un bon foulage pour le feutrage d'un drap. J'avais insisté sur l'art de la teinture et sur la panoplie des plantes qui macèrent avec l'étoffe dans les bains auxquels nous devons les merveilles que nous vendons : indigo et guède pour le bleu, bois de sappan et garance pour le rouge, noix de gade et racines de noyer pour le noir… Docile, tu emmagasinais tout cela avec une aisance incroyable, et j'en étais fier : ainsi, tu en remontrerais aux clients par ta science et tu ferais l'admiration de la ville.

À la fin des foires, et pendant plusieurs jours, nous restions au milieu des *mercatores* pour solder nos comptes, toujours étonnés par l'abondance des flots d'or et d'argent, où cliquetaient toutes les monnaies d'Europe, deniers, lires, besants, florins… Quelle munificence !

Lorsque je laissais paraître mon amour immodéré pour l'argent, tu m'observais souvent avec un drôle d'air, Francesco. Je sais qu'on me disait rusé, orgueilleux, jouisseur et violent, mais peut-on faire commerce florissant en agitant un éventail ?

J'étais tellement heureux de te donner à connaître ce pays où je me trouvais lorsque tu naquis en mon absence – je n'avais pu différer mes voyages – que je voulus que tu en portes le nom. Pica ta mère avait décidé de t'affubler du prénom bien banal de Jean, qui ne me convenait nullement. Quoi ? Donner au fils Bernardone, promis à un avenir d'opulence et de pouvoir, prolongateur de mon œuvre, le nom d'un homme vêtu de peaux de bêtes, se nourrissant dans le désert de sauterelles et de miel sauvage, condamné à l'eau saumâtre des rivières, ignorant le vin et les poulardes ? Jamais ! Tu serais Francesco, mémoire de cette terre qui ruisselle d'espèces sonnantes et trébuchantes, de cette France du drap, de la laine et de la soie, de cette France, véritable nourricière et patrie des Bernardone.

Pendant toute ta jeunesse, Francesco, j'ai fermé les yeux sur tes frasques, tes fêtes, tes folles dépenses. Comme tu faisais prospérer mon commerce, je ne pouvais pas m'en offusquer. Et même si, dans ma propre jeunesse j'étais bien loin d'avoir eu les mêmes facilités que toi, je n'étais pas jaloux de cette vie dévorée à pleines dents.

Ta mère et moi te chérissions. Tendrement, sans retenue.

Tes talents d'organisateur, qui apparaissaient si bien dans la manière dont tu menais tes amis en ces nuits de débauche dont nous feignions de n'avoir point écho, tu aurais pu les consacrer davantage à la bonne fortune de notre entreprise. Crois-moi, sur ce registre, ton frère Ángelo ne t'arrive pas à la cheville. Il est trop timoré, sans panache.

Pour toi, j'avais les plus hautes ambitions. Tu serais mon collaborateur, mon associé puis mon successeur. Tu allais devenir le personnage le plus important de notre cité. Tu accéderais à la noblesse, prendrais la relève de tous ces aristocrates cacochymes qui n'ont jamais travaillé, qui n'ont rien compris au cours du monde, à nos révolutions.

On me disait immensément riche, et c'était vrai. Tous les biens de Pietro di Bernardone te seraient revenus : notre demeure de la Via San Paolo, son jardin, ses portiques, et tout ce qu'elle contient de meubles précieux et de vaisselle d'argent. À ma mort, tu aurais hérité du magasin, de ses comptoirs, de tous les domaines des environs d'Assise où nous aimions nous réfugier souvent, souviens-t'en, pour fuir l'agitation de la cité. Tu aurais tout eu : les terres de Collestrada et du mont

Subasio près de la côte Sermolla. Tu aurais récolté les oliveraies de Val Canale, le champ de San Martino d'Argentana, les terrains de la Camerata et de la Fontanelle, tous mes vergers, tous mes pâturages.

Ces biens qui devaient te revenir, Francesco, je les ai acquis à la force du poignet par mon commerce et par mon talent à saisir les bonnes opportunités : régulièrement, les jeunes aristocrates de la ville, tes compagnons de beuveries, venaient à la boutique dépenser des sommes faramineuses en drap écarlate et en tissus brodés pour approvisionner leurs tailleurs et parader ensuite dans la ville vêtus comme des princes ; et lorsqu'il s'agissait ensuite que leurs pères me règlent les dettes que ces galopins avaient contractées, je leur proposais de me céder telle parcelle de vignoble ou tel lopin de verger dont je savais qu'il triplerait de valeur en quelques années. Les bénéfices juteux de ces opérations seraient tombés plus tard dans ton escarcelle, Francesco.

Au lieu de quoi, voici quinze ans, tu résolus de décamper.

Tu m'as provoqué, je te provoque : parlons-en, de cet argent ! Parlons de cet or que tu méprises et que j'ai, moi, gagné en me tuant au labeur pour t'éviter la crainte du lendemain. Crois-tu qu'il me soit tombé du ciel ? Tandis que, jeune homme, tu coulais à Assise des jours heureux, les poches pleines et le vêtement somptueux, tandis que tu festoyais dans les tavernes, je chevauchais les routes défoncées de Bourgogne, je dormais dans des auberges miteuses, dégoulinais des averses d'avril et surmontais de fortes fièvres sans prendre le temps de m'arrêter pour ne pas manquer l'ouverture des foires !

Je n'étais pas héritier, moi, je ne me suis pas contenté de cueillir sur les branches d'un arbre paternel ces bourses d'or bien mûres dont tu t'es goinfré si longtemps et qui t'ont permis si souvent de régaler ta joyeuse bande de fêtards !

Je me suis fait tout seul ; ma fortune est celle d'un honnête homme, travailleur et intègre. Je n'ai jamais rien volé à personne. J'ai fait du profit, du bon profit, c'est tout. J'ai fourni pendant des décennies à une ville entière ce que l'Europe produit de plus beau en velours et en drap brodé. J'ai pleinement mérité cette aisance dont tu as si bien profité avant de me la vomir sur le visage.

Je n'ai jamais fait le compte des fortunes que j'ai dépensées pour toi Francesco, le chiffre en serait phénoménal, le bilan catastrophique : un naufrage. Je ne t'ai jamais rien refusé pendant ta jeunesse. Rappelle-toi : lorsque, à peine dépassés tes vingt ans, et entraîné par tes compagnons de ripaille, tu as voulu défaire la soldatesque de Pérouse, tu m'as convaincu de t'offrir un fastueux équipage, je n'ai rien dit. Tu te comptais déjà parmi les seigneurs – je n'aurais certes pas voulu te voir en autre compagnie – tu as voulu être de la bande des cavaliers lancés contre la ville ennemie, il te fallait un équipement ruineux, et ma tendresse de père, même si je réprouvais cette lubie, m'empêcha de t'interdire ce gaspillage.

Pérouse ! Quelle folie, quel désastre ! Peux-tu me dire à quoi t'ont servi ces somptueux habits de combat ?

Ah ça, tu avais fière allure, je le reconnais, lorsque, avec l'insouciance joyeuse de ton âge, tu caracolais dans notre cité, paradant sur un cheval bai qui ne cessait d'agiter la crinière et piaffait d'impatience. Tu étais flamboyant : on voyait bien que tu comptais parmi les plus ardents de cette armée de jouvenceaux. Tes compères et toi vous livriez à une parade interminable dans la ville avant de descendre à l'assaut de la cité ennemie sans vous douter que vous alliez à l'abattoir. Des dizaines de bannières et d'oriflammes vous précédaient, tandis que les cloches de la cathédrale sonnaient à toute volée.

Puis nous vîmes de loin la troupe progresser sur la route de Campiglione. L'après-midi même, vous preniez possession de la butte de Collestrada, d'où l'on surplombe le Tibre, en vous imaginant pousser votre avantage jusqu'aux murs de la cité ennemie.

Mais c'était compter sans la fulgurance des troupes pérugines qui dans un vacarme de ferraille et de cris sauvages, eurent tôt fait de reprendre la colline, la jonchant de cadavres et de membres tranchés qui laissaient s'échapper tant de sang qu'en contrebas, dit-on, les eaux du fleuve rougirent instantanément. Une fameuse débâcle !

Quant à toi, tu eus la fortune de n'être point massacré, mais tu fus fait prisonnier et jeté, lamentable, en un souterrain obscur et surpeuplé où tu fus mis aux fers. Tout, là-dessous, bruissait des cris étouffés des captifs, des rixes, des couinements des rats et du cliquetis des chaînes. Avec le reste du monde, tu n'avais plus de lien que la faible lueur d'un soupirail trahissant au-dehors la course de la lune, ou l'éclat de la neige en hiver.

Nous n'avions que bien peu d'informations sur ton sort, mais ne nous faisions, ta mère et moi, aucune illusion sur tes conditions de détention. Nous savions que peut-être tu ne reviendrais pas, et l'angoisse nous accablait de jour en jour.

Au bout d'un an, un émissaire nous fit savoir que tu étais tombé sérieusement malade. Pas étonnant que des mois de captivité dans un cachot humide aient eu raison de tes poumons.

Les lois de Pérouse consentaient, dans ce cas, à ce que l'on pût racheter la liberté d'un prisonnier. C'est ce que, reconnais-le, nous n'hésitâmes pas à faire aussitôt.

La rançon exigée pour ta libération était faramineuse ! Mais passons ; tu étais malade comme un chien, la boutique avait besoin de toi – ton frère Ángelo était encore bien trop jeune – et, toute monstrueuse qu'elle soit, cette somme pouvait se justifier.

Il fallait s'y attendre : c'est hagard et famélique, dévoré de fièvre, continuellement tremblant, que nous t'avons récupéré. Chez nous, tu gardas le lit pendant de longues semaines, tantôt prostré tantôt plus vif, mais peu à peu ta jeunesse l'emporta et il te fut donné, au moins le pensions-nous, de renaître au monde.

Pourtant, nous sentions que ce qui te tenait le plus à cœur avant ce déplorable épisode – la beauté, le commerce du drap et des jouvencelles, les festins et le vin nouveau – n'avait plus grande saveur pour toi.

Tu étais ailleurs, et c'est tout juste si tu parvenais à répondre aux questions que nous nous risquions à te poser.

N'aurais-je pas eu le droit d'espérer pourtant qu'après cela, et après les soins amoureusement prodigués par ta mère – qui t'a toujours tout pardonné –, tu profites de la santé recouvrée et des plaisirs redécouverts pour te remettre au comptoir et en finir avec tes incartades ?

Mais non. Tu envoyas au diable les leçons du passé, et l'appel des armes et de la gloire te monta derechef à la tête. Francesco di Bernardone voulut tâter de la croisade et rejoindre cet abruti de Gautier de Brienne dans les Pouilles, en partance vers la Terre sainte. Je voyais ton destin de marchand drapier s'éloigner et seule la perspective de te voir devenir chevalier, le premier véritable seigneur de la famille, m'a convaincu, au grand désespoir de ta mère, d'accéder à ta requête la plus démesurée : une armure !

Je crains que tu n'aies pas la moindre idée de ce que m'ont coûté les centaines de pièces de cet habit d'acier dont je voulais qu'il fût – question d'honneur pour la famille –, l'un des plus rutilants dans la cohorte des croisés… J'ai confié ce travail aux meilleurs artisans d'Assise ; je n'ai rechigné ni sur la souplesse des articulations, ni sur les dorures des pièces, ni sur la qualité de la lance et du manteau, large et brodé de fil d'or, ni sur celle du vêtement fait de satin blanc, de brocarts, de velours vert, et d'étoffes brodées d'or et d'argent doublées d'hermine. J'ai accepté de rétribuer un écuyer pour t'éviter de porter toi-même ton bouclier. Combien de terrains ai-je dû vendre pour tout cela ? Je préfère ne pas me plonger dans mes livres de comptes, ce serait déprimant…

Croisé ! Le cachot de Pérouse ne t'avait donc pas mis de plomb dans la cervelle, et moi je me suis laissé à nouveau duper par tes ambitions de grand seigneur ! Peut-être voulais-tu me faire honneur en te hissant – et ta lignée avec – au rang des nobles ? Quand je vois où elles t'ont mené, ces ambitions ! À peine passées les portes de la ville, à ce que l'on m'a dit, tu croises un chevalier de retour de la guerre dans un état épouvantable, et tu lui abandonnes ton manteau, cette pièce exceptionelle arrachée à ma fortune. Si du moins, tel Martin de Tours, tu en avais gardé la moitié…

Puis tu poursuis vers Spolète et là ton élan est brisé, un simple songe, paraît-il, te fait changer d'avis. Tu revends ton armure – c'était se moquer de moi ! –, et tu as le front de revenir à la maison dont les murs résonnent encore de ma colère.

Après tout, j'aurais dû être content ! Je voulais que tu sois marchand, non pas soldat. Je ne voulais pas que tu mettes en danger ta position auprès de moi par d'imbéciles faits d'armes. C'est trop facile, tu sais. Moi j'ai trimé toute ma vie, je ne le répéterai jamais assez, et quand d'autres se laissent caresser dans l'oisiveté par le soleil d'Ombrie, comptant sur la charité des bourgeois pour survivre, je vis reclus, moi, dans un magasin sombre lorsque je n'arpente pas l'Europe avec des cargaisons plus pesantes qu'une cathédrale.

Je sais, je l'ai déjà dit. Mais il faut enfin que tu comprennes ce que tu as toujours refusé d'admettre.

Dieu que je t'ai détesté, mon fils, moins pour ce que tu me volais que pour ce que tu ruinais de ma réputation, pour l'irréparable rejaillissement de tes caprices sur la dignité de notre lignée. Tu aurais pu devenir le Podestat d'Assise, ou l'un des commerçants les plus opulents d'Italie.

Alors, tu aurais été l'œuvre accomplie de ma vie. Au lieu de quoi tu n'as cessé de courir après des chimères et de te prostituer à servir des va-nu-pieds.

Ensuite, je bénéficie d'un court répit. Après ton retour de Spolète, le temps fait son effet. Je te remets au travail, et je consens même à remplir tes poches de l'argent que réclament de nouvelles fêtes et ripailles.

Mais, pour des raisons que même tes amis n'ont pu m'expliquer, tu cesses d'y prendre part, tandis que la jeunesse d'Assise, dont tu n'es plus le roi, continue de profiter de la vie. Et, de plus en plus solitaire, tu disparais peu à peu de leur univers.

Grâce à Dieu tu demeures fidèle au comptoir et tu continues de vendre mon drap, mais sans génie, sans cette arrogance et cet humour qui étaient à coup sûr l'une des clés de ton talent de négociateur. Toi qui étais jadis le mieux habillé de toute la ville, mannequin vivant, paradant au comptoir, tu te contentes désormais d'une mise ordinaire, sans recherche et sans goût. Mais tu vends, c'est l'essentiel. Et la réputation de ma boutique suffit à attirer les chalands.

Cependant, j'aurais dû me méfier, et ne pas considérer tes vingt-cinq ans révolus comme un gage de sagesse. Mais quoi, pouvais-je, au seul motif de te surveiller, ne plus faire mon métier, cesser de voyager pour mes affaires ? C'eût été la ruine assurée. Alentour, la situation du commerce n'était pas brillante. Je me devais de ne pas ménager mes efforts.

J'aurais dû y réfléchir davantage. Lorsque je m'épuisais à arracher aux grossistes de Troyes ou de Provins des tarifs avantageux, la voie était libre pour tes extravagances. Un mendiant venait-il en pleine boutique, te réclamer quelque aumône, tu faisais mine de le renvoyer sans ménagements, mais aussitôt qu'il avait passé la porte en te maudissant, tu te précipitais à sa suite et lui déversais « au nom du Christ » une partie du tiroir-caisse – qu'il ne tardait pas à dépenser dans les tripots.

C'était insensé ; il aurait fallu t'empêcher à temps de nuire ainsi, mais, moi étant loin, ta mère te passait tout. Je ne pouvais pas compter non plus sur ton frère pour te garder sur le droit chemin ; Ángelo était encore jouvenceau, tu avais trop d'ascendant sur lui, et quoique, comme moi, il réprouvât ta conduite, il ne pouvait rien faire d'autre qu'attendre mon retour.

Or la route des Flandres était interminable et mes absences trop longues. Tu en profitas de manière éhontée, sans le moindre sens du devoir. On m'a dit que, dès que tu avais une minute, tu traînais avec les gueux. On t'a même vu faire le voyage de Rome pour on ne sait quelles nouvelles bondieuseries. On rapporte que tu y as beaucoup dépensé, jetant mon or en douce au pied de n'importe quel clochard, de n'importe quel autel.

Et puis ce fut le comble. Ángelo et les commis me l'ont raconté à mon retour : comment un jour tu en vins à faire main basse sur le meilleur de mon drap, sur mes étoffes les plus coûteuses – tu avais libre accès à tous les stocks –, comment tu en as fait des ballots pour les brader ensuite sur le marché de Foligno, et ton cheval avec (que dis-je ? mon cheval ! Je n'ai pas souvenir de t'avoir vu le payer !).

Foligno ! Naturellement, tu aurais eu trop peur de revendre tout cela à Assise même et de te laisser surprendre. Il a fallu que tu parcoures dix lieues pour faire cela incognito !

Et pourquoi cette incartade ? Pour faire cadeau à un petit curé, à San Damiano, du produit intégral de la vente au seul motif qu'il fallait retaper son église délabrée perdue en plein champ. Tu étais devenu fou ! Ángelo dit que le curé, par crainte de mes foudres, n'avait même pas voulu de ton or

– de mon or – et que la bourse a été jetée sur le rebord d'une fenêtre où l'on pouvait pourtant imaginer qu'elle ne resterait pas longtemps !

Je ne comprenais rien à ce qui t'arrivait, mon fils. Je te voyais subitement délaisser ton métier, on te disait plus à l'aise avec les traîne-misère qu'avec les clients de la boutique, plus porté vers la solitude que vers la fête, tout cela me dépassait.

Comprends-moi bien, Francesco. Je ne t'ai jamais reproché de dilapider mon argent. Dilapider, c'est le privilège des chevaliers. La noblesse de l'argent, c'est d'être dépensé, mais au grand jour, distribué s'il le faut, mais sur les places publiques. Que tu veuilles jouer au grand seigneur avec mon or n'était pas forcément pour me déplaire. Mais que tu l'aies méprisé au point de le jeter à l'insu de tous dans un coin de cambrousse, pour je ne sais quelles œuvres vaines et invisibles, ce fut là, pour moi, un vrai scandale !

Après cela, tu n'as même pas eu le courage de revenir à la maison. Il faut croire que je te faisais peur, mais alors pourquoi ne me l'avoir jamais dit ? Je n'ai jamais été violent avec toi, que je sache, avant que tu me pousses à bout en portant atteinte à la réputation de notre famille. Terrifié, tu t'es terré on ne sait où dans les collines, me laissant seul avec ma fureur et ma honte.

Mais je n'allais pas me laisser faire ! Tu avais abusé de ma naïveté et de ma confiance. Je me suis mis à battre la campagne tout autour d'Assise, et j'ai fini par apprendre que tu te cachais chez ce maudit curé à San Damiano.

Je rassemble quelques parents et voisins, Gilio, Riccardo, toujours de bon conseil, Vievieno, Uguccione (qui ne t'aimait pas trop). Leur avis est sans appel : il faut lancer une expédition pour t'extirper de là et user de la force si nécessaire.

Mais toi, averti par un complice et pas plus courageux qu'un lapin de garenne, tu détales et te réfugies dans un vague cul-de-basse-fosse où tu restes caché pendant d'interminables semaines. Un compère t'y ravitaille en secret.

Puis un jour, inexplicablement, tu quittes ton repaire et réapparais maigre comme un clou, hirsute, plus dépenaillé que jamais. Prêt à l'affrontement, malgré ton épuisement – et pour me provoquer en plein jour –, tu te diriges maintenant vers Assise en sifflotant comme un simple d'esprit.

D'abord, personne ne te reconnaît, puis les gamins ne s'y trompent pas, et te voyant arriver, se tordent de rire, hurlent au fou – *pazzo, pazzo* ! –, te lancent des cailloux et te balancent par paquets la boue amassée dans les caniveaux par les pluies de la veille. Les gens sortent les uns après les autres, effarés de voir le fils Bernardone changé en cadavre, avançant, un demi-sourire aux lèvres, vers les colonnes de la grand-place avec l'insouciance d'un demeuré. Ils se mettent à déblatérer entre eux, ricanent bruyamment, assurent que tu as abusé de vin frelaté et de liqueur de pavot, ou que tu as dévoré de la cervelle de chien, que tu es possédé par le démon, qu'on t'a mal soigné.

Affairé avec mes commis à mettre de l'ordre dans la boutique, je sors précipitamment dans la ruelle lorsque j'entends ce carnaval. Je rejoins la place, et je ressens un violent coup au cœur en t'apercevant.

Je m'attendais à tout, sauf à te revoir là, dans cet état, à dix petites coudées de moi. Je pousse les badauds à coups de poing, la foule s'écarte, les rires font place à un silence de mort. Hors de moi, je fonds sur toi, les coups se mettent à pleuvoir, dont tu ne te défends même pas. Je te traîne comme un vaurien à la maison. On allait voir ce qu'on allait voir, j'allais te remettre les idées en place.

Tu pues, après ces semaines passées dans ton terrier, mais tant pis. Pas le temps de demander à mes gens de te décrasser, il n'y a qu'une chose à faire : t'enfermer.

Pica nous voit arriver, elle manque de défaillir :

— Francesco ! gémit-elle. Dans quel état...

— Poussez-vous Pica, ce n'est pas le moment de s'attendrir.

— Pietro, vous êtes devenu fou ! Qu'êtes-vous en train de faire à ce garçon ?

— C'est lui qui est fou à lier. Je ne fais rien d'autre que ce que les statuts de la Commune me commandent de faire.

— Mais lâchez-le, Pietro, vous êtes déchaîné !

— Les fils qui dilapident le patrimoine familial doivent être châtiés sans la moindre indulgence. C'est déjà bien que je ne le condamne pas au bannissement et à l'exil. Ce serait mon droit le plus strict.

Ta mère tente de s'interposer, je la repousse et je te tire par le collet, tandis que ses sanglots et ses cris nous poursuivent.

Il y a chez nous un réduit étroit, sans lumière, un trou dont on aurait pu croire qu'il t'était destiné de longue date. Je t'y pousse avec mon pied au cul, je tourne la clé à double tour et je t'y laisse moisir quelques heures.

Puis je reviens, je tente de te parler calmement pour te ramener à la raison, mais ton œil tantôt amorphe tantôt pétillant me défie. Je hurle, rien n'y fait. Je ne me retiens plus. Les gifles pleuvent, les coups redoublent, je demande à mes serviteurs d'apporter des chaînes, je te les passe autour des pieds et des mains, et tu n'opposes toujours aucune résistance. Je t'abandonne là, me contentant, au cours des jours qui suivent, de venir coller de temps en temps mon oreille à la porte. Aucun cri, aucun gémissement ne s'en échappe. Les valets qui viennent te porter la soupe constatent que tu n'y touches qu'à peine. Silence de plomb.

Des citoyens d'Assise, et pas des plus idiots, ont dit de moi que j'étais un monstre doublé d'un impuissant, incapable de se faire respecter de son propre fils ! Que pour ce qui n'était somme toute qu'un petit larcin – je crois qu'ils n'avaient pas compris l'énormité de la vente de Foligno, et de toute façon, un larcin est un larcin –, j'avais perdu toute mesure, que je m'étais jeté sur toi non comme un homme, mais sauvagement, tel un loup sur une brebis... Ils ont daubé sur mon regard hérissé, mon œil menaçant, et sur la brutalité avec laquelle je t'avais traîné jusqu'au logis. Sous prétexte que je t'avais enfermé, ils ont ricané sur ce cœur que j'avais dû perdre, selon eux, dans le commerce des catins. Ils m'ont traité de crétin pour avoir imaginé qu'ainsi tu reviendrais au sens commun, ils ont raillé mon avarice, qui aurait retiré de moi tout jugement, toute trace d'humanité.

Mais ils n'ont rien compris, Francesco ! Ils n'ont pas senti que, depuis longtemps sans doute, tu avais décidé de me fausser compagnie. Ma juste colère n'était pas celle d'un grippe-sou, mais celle d'un père désespéré de voir son fils sombrer dans la folie, ruiner tous les espoirs qu'il avait suscités et plonger sa propre famille dans l'infamie. Ce qui était en cause, c'était mon honneur – et le tien.

C'était même bien plus que cela, et tu ne l'as pas réalisé alors, quand tu t'imaginais que me voir récupérer ma bourse me calmerait.

C'est de ma faute, au fond. Je ne t'avais pas encore instruit des enjeux qui pesaient sur notre patrimoine. Ton vol était peu de chose, finalement ; mais ta fuite pouvait précipiter notre ruine. Si je t'ai enfermé, si je t'ai traduit devant Monseigneur l'Évêque, c'était tout simplement pour protéger la famille : si ta mère venait alors à mourir – hélas, elle le fit quelques années après –, sa dot, dont dépendait notre commerce et dont je n'avais la jouissance que de son vivant, vous revenait à Ángelo et à toi. Ángelo aurait consacré sa part à notre commerce, mais toi tu l'aurais détournée vers on ne sait quelle charité mal placée. Il fallait donc que tu renonces, et vite, à ta part de l'héritage.

Tu l'as fait, fort heureusement, mais je n'imaginais pas qu'en même temps tu quitterais le navire pour de bon.

Ah que les rats ne t'ont-il dévoré, pour qu'Assise n'ait jamais à te revoir et que je n'aie pas à subir cette curée générale !

Car après t'avoir enfermé à la maison comme c'était mon droit et mon devoir, j'ai commis une grave erreur : celle de faire confiance à ta mère à qui j'ai eu l'imprudence de laisser les clefs du réduit lorsque j'ai dû retourner en France pour une affaire urgente. À peine ai-je eu le dos tourné que, voyant bien qu'elle non plus ne te ferait pas fléchir, Pica te prenait en pitié, te couvrait de paroles caressantes, et, aussitôt, te libérait.

Que vous êtes-vous dit alors ? Quelle chambre a-t-elle voulu t'arranger ? Quels sont ceux de tes mets préférés qu'elle t'a fait dresser ? A-t-elle au moins essayé de te retenir lorsque, craignant sans doute de succomber à ses douceurs, tu as décidé de retourner dans ton désert, en obstiné et en fieffé ingrat que tu es, la laissant seule regretter sa clémence et sa faiblesse ?

Inutile de te dire ce qu'elle a pris lorsque, de retour, j'ai trouvé le cachot déserté, les chaînes ouvertes, la cage vide et l'oiseau envolé ! Ses protestations n'y ont rien fait. J'ai failli l'enfermer, elle aussi, pour avoir transgressé mes ordres, mais j'ai fini par me calmer. Nous nous sommes battus froid pendant des mois, je peux te l'assurer, sans échanger un mot, cloîtrés chacun, la nuit venue, dans nos appartements.

Ainsi tu as semé la discorde entre nous, Francesco, tu as brisé nos liens de mari à épouse, et cela je ne te le pardonnerai jamais.

Oui, tu auras tout réussi, tout volé, tout gâché.

C'était la fin, tu étais parti sans un mot d'adieu et – je ne m'en doutais pas alors – tu ne reviendrais plus jamais sous le toit des Bernardone.

À mon retour de voyage, je tentai une dernière démarche. Je savais que tu te cachais encore à San Damiano, j'y courus, ivre de rage, et te sommai de me rendre mon or. Ton air calme me rendit fou, ma haine explosa : tu te payais donc ouvertement ma tête ! C'était incroyable : la bourse était encore là, sur le même rebord de la même fenêtre de l'église. Ángelo ne m'avait pas menti : craignant fort à propos des représailles de ma part, le curé du lieu n'avait pas voulu en faire usage, ton brigandage n'avait servi à rien. Tu me laissas reprendre cette bourse, mais ce n'était qu'une goutte d'eau au regard de ce que tu m'avais dérobé pendant des mois. De toute façon, ce n'était pas cela que je voulais. De l'argent, j'en avais à foison. Ce que je voulais, c'est que tu rentres dans le rang. Je ne pouvais plus supporter d'être la risée d'Assise, peux-tu le comprendre ? Je n'en pouvais plus d'être ce père moqué pour n'avoir pu empêché son fils de devenir complètement fou.

Je voulais que tu reviennes à la maison car – ne l'as-tu jamais compris ? – je t'aimais, tu avais été ma fierté, mon espoir, mon prolongement. Je voulais que tu reviennes au bercail. Tout simplement.

Puis, écartant vite tout état d'âme, je décidai de te traîner devant la justice des consuls. Ils ne tergiversèrent pas une minute sur ton cas, et te firent ordre de comparaître. On envoya Rainuccio le crieur dans les rues d'Assise, pour que nul ne l'ignore, puis en ta retraite de San Damiano pour te remettre le parchemin sur lequel étaient énumérés les chefs d'accusation te concernant. Il faisait un froid de canard cette année-là. La plaine était recouverte de neige. Le crieur eut toutes les peines du monde à t'atteindre, mais il y parvint, et tu fus sommé de te présenter devant le palais des Consuls.

Mais toi, rusé comme un renard, tu te retranchas alors derrière un argument qui, à l'époque, m'irrita au plus haut point mais força mon admiration. Tu eus l'idée de te prévaloir d'un statut de convers, serviteur de Dieu, selon tes propres termes. Le pire est que tu réussis alors si bien à mettre les consuls dans l'embarras qu'ils consentirent, les couards, à admettre que tu relevais désormais de l'autorité de Monseigneur l'Évêque. Ils ne te firent donc pas tenir une seconde convocation, et laissèrent l'émissaire de ce dernier t'enjoindre de te présenter à Santa Maria Maggiore pour y subir le jugement que tu méritais.

Tu ne te dérobas point, et tu t'y présentas. Je repris espoir. Justice me serait peut-être enfin faite et mon honneur me serait rendu. Peut-être consentirais-tu, faute de t'amender, à aller commettre tes folies ailleurs et à t'exiler en quelque contrée lointaine où tes frasques m'humilieraient moins.

Que j'étais naïf!

Je me remémore cette scène avec effroi. Nous sommes au début du printemps, le ciel s'est peu à peu dégagé.

À la troisième heure, l'évêque sort de son palais, mitré, drapé d'un épais manteau bleu, flanqué de ses acolytes et d'un notaire. Tu attends, et la foule avec toi, sur la place en pente de Santa Maria Maggiore. Les cloches se mettent à sonner une espèce de tocsin. La foule est compacte mais silencieuse, le temps est suspendu.

Je m'approche, à la demande de Monseigneur Guido, qui trône en sa cathèdre en haut des marches.

Je prends la parole en premier, la voix étranglée de colère, te rappelant ton insoumission et tout ce que tu m'as volé. Tu es là, à quelques mètres, impassible. Des voisins doivent à plusieurs reprises me retenir de me jeter sur toi.

Ai-je eu tort? Aurais-je dû me laisser ridiculiser sans piper mot? Bien sûr, je n'avais pas prévu ta réaction. Je te savais fou à lier, mais pas au point de m'infliger ce qui va s'abattre sur moi.

Le prélat t'invite à produire ta défense, te sermonne et me donne raison – un peu mollement à mon goût – en tentant de te raisonner:

— C'est très généreux, mon fils, te disait-il, de vouloir reconstruire des édifices sacrés qui tombent en ruine; la sainte Église a besoin de bienfaiteurs. Mais tu ne peux pas le faire avec l'argent de ta famille, et le courroux de ton père est justifié.

Bien sûr, tu ne veux rien entendre. Je m'apprête à répéter en hurlant ce que le prélat vient de dire. Mais soudain, sans prévenir quiconque, tu disparais dans une embrasure de porte du palais épiscopal, d'où tu sors au bout de quelques minutes, tes vêtements en ballot sous les bras, nu, vêtu de ta seule impudence !

Sans un mot, tu jettes le ballot d'habits dans la poussière, et avec lui ce qui te reste de mon or.

Et nu tu demeures un moment sur la place : tu es fou, oui, fou, *pazzo*, possédé, comme ivre mort, sans patrie ni famille, nu comme un ver, rampant et misérable.

Mais calme. Tu es calme, Francesco, et je m'en sens bien davantage insulté que si tu m'avais jeté tout cela à la figure. J'étais prêt à l'affrontement de nos deux haines, mais certes pas à cet infamant déni de ma paternité. Ainsi, au lieu de me traiter de tous les noms d'oiseaux, tu débites lentement ces mots qui resteront à jamais des échardes en ma mémoire :

— Me voici nu devant le Seigneur. Désormais, je n'appellerai plus père le nommé Pietro di Bernardone ; je n'ai plus qu'un seul père, mon Père qui est aux cieux !

Le « nommé » Pietro di Bernardone ! Ainsi, je ne suis plus à tes yeux qu'un quidam, un vague étranger. Dans un incroyable élan d'orgueil, tu déclares Dieu ton seul père !

Pourtant tu n'es pas né de l'Esprit Saint, que je sache ! Tu es de ma lignée, tu as mon sang, tu as tout de moi ! Tu prétends ne plus rien me devoir. Mais ce corps que j'ai créé et que tu auras sacrifié ensuite, par ta vie de gueux, à la pauvreté et à la maladie, ce corps, c'est à ma semence et à celle de nul autre que tu le dois !

Un moment, j'ai cru à une farce. À un nouvel avatar de ton sens du spectacle, puisqu'il faut que tu sois toujours au centre de tout. Mais de farce point : l'affront, brut, violent, sans appel.

Si au moins tu t'étais opposé ouvertement à moi, si tu m'avais injurié comme je t'ai injurié ! Mais non, quelques paroles définitives, qui ne m'étaient même pas adressées. J'attendais ne serait-ce qu'un regard. Mais, les yeux levés au ciel, la mine joyeuse, comme libérée, tu étais déjà ailleurs, paraissant n'avoir plus d'attraction que céleste, tandis que la pesanteur de mon corps écrasé sous le fardeau de tes vêtements restitués m'entraînait si lourdement vers le pavé que je dus faire un effort surhumain pour tenir debout et parvenir à quitter la place, sous les quolibets.

Et puis plus rien. Tu rendis sa cape à l'évêque, quelqu'un te revêtit d'un minable manteau de bure abandonné par quelque manant. La foule, interdite, s'écarta, et tu disparus au bout de la place. Je ne te voyais déjà plus lorsque tu traças à la craie sur ton haillon, m'a-t-on dit, la forme d'une croix.

Tu es parti comme le voleur que tu étais. Pour toujours. C'était un 10 avril, je me souviendrai à jamais de cette épée plantée dans mon dos. Pire qu'un réprouvé, moi, père et maître, j'étais un banni. Je n'existais plus à tes yeux.

Malheureux, accablé, honteux, je suis rentré à la maison en sanglotant et en traînant les pieds. Sur la route, les gens me jetaient des regards narquois, je sentais l'opprobre s'abattre sur moi, comme si j'avais fait autre chose que d'exercer mon droit le plus élémentaire ! Nous étions tous deux la risée de la ville, toi dans ta nudité d'hurluberlu, moi dans ma nullité de père qui n'avait pas su se faire obéir. Toute une vie, ma vie, consacrée à la réputation des Bernardone à Assise, partie en fumée sur un coup de tête !

Il n'y avait pas en moi que honte et colère, Francesco, mais douleur aussi, brûlure, dévastation, naufrage : un raz-de-marée, tous mes espoirs anéantis.

La maison était comme déserte. Quoiqu'elle fût, comme à l'habitude, bondée de commis et de clients, je ne voyais plus rien ni personne. Au fond de ma poche, les pièces d'or, que je jetai rageusement dans un coffre.

Je pleurai, pour la première fois de ma vie, et aujourd'hui encore je ne sais si c'est de rage, de honte ou de blessure d'amour propre. Une blessure d'amour, peut-être, tout simplement : un amour paternel bafoué, piétiné, tenu pour rien. Je pleurai dans le secret d'une pièce de la maison verrouillée à double tour, où même Pica ta mère ne pourrait pas me surprendre.

Pour sa part, c'est toute la journée qu'elle sanglotait. Je savais que ses pleurs étaient autant de reproches, et je ne voulais pas lui donner de motifs d'avoir raison. De toute façon, à partir de ce jour j'eus le sentiment qu'elle ne me considérait plus qu'avec réprobation et mépris, au point que très vite après ton départ, je dus aller chercher ailleurs les douceurs qu'elle me refusait et que réclamait ma virilité.

Il y a quinze ans de cela.

Au cours des mois et des années qui suivirent, Francesco, je n'ai cessé de faire mémoire de ce que fut ta jeunesse insouciante : j'étais si fier de toi ! Tu avais une vie facile, des habits raffinés, une demeure somptueuse, le gîte et le couvert. M'obéissant et me respectant, tu me faisais honneur. Même tes excentricités et tes caprices me ravissaient. Plus exigeant que moi-même sur la qualité des repas, tu étais intraitable sur la fraîcheur du gibier et des poulardes, pointilleux sur le moelleux des sauces, prompt à refuser un vin bouchonné. Il fallait à tes fêtes les meilleurs des rôtisseurs et la vaisselle la plus fine – couverts de vermeil et candélabres d'argent. Tu convoquais les plus lestes des jongleurs, les plus brillants des troubadours, tu exigeais que les luths et les mandolines fussent du meilleur timbre. Et que dire de ces jouvencelles enjôleuses et parfumées, que je t'enviais tellement !...

Tu poussais souvent tes frasques de baladin au-delà de la bienséance de notre milieu. C'étaient travestissements, défilés burlesques, tapage nocturne sous les guirlandes et les lampions, mais nous tolérions tout, ta mère et moi. Tu étais alors désarmant de gentillesse et d'attention, irrésistible de drôlerie. Toute la jeunesse d'Assise t'aurait suivi jusqu'au bout du monde ; l'argent avec lequel tu réglais sans sourciller toutes les notes de tavernes n'y était certes pas pour rien.

Les langues de vipères ne manquaient pas pour venir me raconter tes habitudes de grand seigneur. Et pour me conseiller de te tenir davantage, de mettre un frein à tes prodigalités, de te demander des comptes. Mais ta mère et moi étions si flattés de te voir à ce point populaire, que nous les laissions jaser.

Tu nous traitais parfois avec une surprenante désinvolture. Un de tes amis venait-il à cogner à un carreau de nos fenêtres au beau milieu du souper, tu sautais immédiatement de ton siège, et, sans une explication, tu t'élançais à la suite des fêtards et des danseurs, nous laissant comme des pantins, Ángelo, tes sœurs et nous, le nez dans nos assiettes. Mais cela aussi nous te le passions, trop heureux de te voir dévorer la vie à pleines dents faute de terminer toujours le repas familial.

Tu étais tellement beau, Francesco, tu rayonnais de vigueur ; ton visage, ton corps avaient l'élasticité par quoi la jeunesse chavire le monde. Comment imaginer que, désormais, le froid et la gangrène ont eu raison de cette splendeur qui bouleversait tant de jouvencelles d'Assise, et peut-être aussi quelques garçons... ?

Tu étais un génie du commerce. Si tu étais resté, peut-être croulerais-tu aujourd'hui sous des montagnes d'or. Avec l'audace qui est la tienne, ta finesse, ton habileté, l'humour dont tu es capable, tu aurais pu bâtir un empire, asservir à ta puissance la moitié de la péninsule, et amasser une fortune cent fois plus importante que la mienne.

Grâce à cela – y as-tu seulement songé ? –, tes aumônes auraient pu soulager des milliers de vies, au lieu de quoi tu plonges à ta suite des légions de jeunes gens dans cette misère crasse où tu sembles te complaire. Mendiants par caprice ! Comme si le monde ne comptait pas assez de pauvres !

On te disait plus doué que moi pour le négoce ! Il paraît que tu étais plus généreux, plus habile, plus drôle, plus affable, et tellement plus charmeur ! Je soupçonne même certains clients, déjà bien pourvus en draperies, d'avoir pris l'habitude de venir à la boutique non pour acheter quoique ce soit mais pour le seul bonheur d'entendre le timbre de ta voix, de rire à tes boutades, de contempler ton visage. Le pire est que la plupart succombaient à ton art du commerce et repartaient les bras encombrés d'une marchandise dont ils n'avaient nul besoin !

Il m'arrivait déjà, cependant, de remarquer chez toi quelques absences, une sorte de résistance diffuse, une ombre mystérieuse. Comme si parfois, tu ne te satisfaisais point de ton état, comme si le doute t'envahissait, comme si tu n'avais plus goût à rien. Mais la vie prenait vite le dessus et j'étais rassuré : par ta réussite, tu serais ma fierté, ma richesse véritable, la confirmation et le redéploiement de tous les efforts de mon existence.

Non, tu ne me ferais pas honte.

La honte… C'est pourtant hélas ce qui a envahi toute mon existence. Non content de m'avoir bravé en public sur la place Santa Maria Maggiore, tu continuas de le faire dans les rues d'Assise.

Ce front ! Ce toupet d'avoir osé revenir en ces lieux si peu de temps après le scandale ! Que ne pouvais-tu rester au fin fond de ta campagne ? Mais non, on te voyait, hilare et réjoui dans ton habit de pécore. Comme si le fait de ne plus rien avoir en poche pouvait rendre joyeux quiconque ! Cela, personne ne me le fera accroire ! Injure encore, injure à moi, injure à ma richesse, injure !

On te voyait maintenant monter et descendre les ruelles abruptes de notre ville, Francesco, te mêlant de crier je ne sais quelle bonne parole à des badauds qui, je pense, n'en avaient cure.

Au début, tu étais seul. Mais bientôt tu t'exhibas avec ces abrutis que tu avais ensorcelés, ces fous furieux de la bourgeoisie, ces jeunes singes à héritage, qui naguère formaient la crème de la cité. Quelle crânerie, quelle bravade ! Ils avaient bradé les biens de leurs familles et s'avisaient maintenant de venir demander l'aumône, tandis qu'ils eussent mieux fait de garder ce dont la générosité de leurs pères les avait pourvus !

Ainsi Francesco, non seulement tu as dilapidé mes biens, mais tu as mis à mal les valeurs de notre société en entraînant derrière toi toute cette cohorte de fils de famille qui ont tourné le dos à leur lignage, piétiné le patrimoine de leurs pères, jugé pour rien des décennies d'efforts et de labeur. N'est-ce pas là ce que l'on appelle n'avoir cure que de son nombril ?

Dans mon malheur, une consolation. Tu n'as pas contaminé que des bourgeois, mon fils, mais aussi ces incapables d'aristocrates : les Cattani, les Guelfuccio, les Quintavalle di Berardello, tous ces péteux à particule, ces bons à rien, ces fins de race ! Je ne les aimais pas, ces nobles oisifs dont le train de vie n'était dû qu'à leur naissance. Les Offreduccio ont été touchés eux aussi, perdant leur fille Chiara lors d'une nuit des Rameaux.

Chiara ! Comment le seul fait d'entendre sa maisonnée dauber sur le compte d'un jeune fou plein aux as désertant subitement son comptoir pour aller jouer au maçon dans les bois, comment cela a-t-il suffi à lui faire tourner la tête ?

C'est comme une voleuse, m'a-t-on dit, que, fuyant nuitamment le domicile paternel, elle est allée te rejoindre dans la forêt. Étions-nous bien dans le mystique encore, tout cela était-il bien honnête, sans arrière-pensée ? La belle qui vole au-devant du jeune ascète... Que tout cela est romantique !

Mais passons. Lorsque j'ai su qu'elle s'abaissait elle aussi à se vêtir de sacs et à mendier dans la ville, qu'à sa suite tant de femmes avaient succombé à l'appel du néant, j'ai eu la satisfaction de voir que les citoyens de mon rang n'étaient pas les seuls à être décimés par ta folie dévastatrice. Il eut été trop injuste que les bourgeois et les marchands, ces travailleurs véritables, aient été les seuls à pâtir de tes inventions.

Chiara, Chiara ! Elle aussi aura sauté ce maudit pas. Elle aussi aura infligé à sa famille ce camouflet, ce rejet des valeurs, cette rupture infamante. Qui aurait pu prédire que les Offreduccio di Favarone connaîtraient un jour le même sort que les Bernardone ? Qui aurait pensé que la douce Chiara, promise aux meilleurs partis, se laisserait fasciner elle aussi par la folie de la pauvreté et s'irait enfermer dans un couvent de fortune pour suivre tes traces ? Qui aurait pu un instant t'imaginer, Francesco, lui faire troquer ses habits somptueux pour une bure crasseuse et, à ce que l'on m'a rapporté, couper ses cheveux en signe de renoncement ?

Quand je pense qu'un jour, offrant à Assise l'une de ses fêtes les plus somptueuses, tu aurais pu l'épouser ! Quand je pense à la descendance que vous auriez pu me donner, à l'évidence plus noble et plus reluisante que celle de cet incapable d'Ángelo auquel j'aurai pourtant fini par transmettre mon commerce et ma fortune !

« Qui est mon père, qui est ma mère, qui sont mes frères, mes sœurs ? » Ces mots de l'Évangile, prononcés en chaire lors de tant de grand-messes, ont toujours résonné bizarrement dans ma tête, Francesco. Outrecuidant, celui qui prétend si bien imiter le Christ qu'il néglige ses parents, les rabaisse, les tient pour rien, les oublie… Amnésique, celui qui n'a plus cure des tables de la Loi et n'honore plus ni son père ni sa mère. Je ne sache pas, mon fils, qu'à un seul moment de sa vie Notre Seigneur ait méprisé Joseph, qu'il ait rejeté Marie de sa mémoire…

Ah, tu peux bien prétendre suivre ton Jésus pas à pas, soigner la terre entière et proclamer le règne de l'amour, si c'est pour m'exclure de ton monde, fouler aux pieds les plus élémentaires règles de la piété filiale et m'envoyer au diable, alors tu te mens à toi-même, Francesco, tu as perdu la raison.

De toute évidence te sied davantage que la mienne la compagnie des bêtes sauvages : ces animaux innombrables dont on m'a dit, depuis, que, attirés probablement par ton odeur infecte, ils viennent spontanément vers toi comme vers l'un de leurs semblables…

« Pietro di Bernardone n'est plus mon père », fanfaronnais-tu sur la place Santa Maria Maggiore. Mais qu'ai-je de plus vil que les autres que tu m'aies ainsi vomi ? À quoi ai-je fait obstacle ? À ta prétendue sainteté ? Au prix de ma honte, au prix de ma mort ?

Souviens-t'en, Francesco : à plusieurs reprises dans les mois qui ont suivi le scandale, nous nous sommes croisés sans l'avoir cherché dans les rues d'Assise. Fou de rage, de douleur et d'impuissance, te voyant avoir le front de quémander l'aumône en ma propre cité, blessé jusqu'au sang dans mon amour paternel, je hurlais alors, pour te maudire, des mots définitifs.

J'étais désespéré du mal que tu me faisais et que tu causais à notre nom –, déjà conscient aussi peut-être, sans oser me l'avouer, de celui que je te faisais. Mais toi, tu simulais celui qui n'entendait rien. Tu savais bien cependant que la malédiction produit toujours ce qu'elle annonce.

Comme si ton silence ne suffisait pas à m'humilier, voilà que tu pris l'habitude d'acheter avec une partie de tes aumônes un gueux des environs, encore plus dépenaillé que toi : et lui, en réponse à chacun de mes anathèmes, te bénissait pour les annuler !

Me parler, me maudire, me bénir, même, voilà qui désormais était au-dessus de ta condition ! J'existais si peu que tu t'étais trouvé en ce traîne-misère un père de substitution, t'imaginant changer en bien le mal auquel je te vouais.

Durant des mois, je fus profondément abattu, ne parvenant pas à faire taire ma colère, ne cessant de remâcher mon humiliation, reportant ma rancœur sur mon entourage et sur la ville entière.

Je n'ai jamais supporté les mendiants, Francesco. Ce n'est pas à toi que je l'apprendrai : Assise en est infestée depuis la nuit des temps. Leur simple vue a toujours suffi à faire monter en moi la révolte. Pourquoi tant de laideur ? Pourquoi tant de puanteur ? Pourquoi tant de fainéantise ? N'ont-ils pas des bras à louer pour décharger les convois ? Des dos pour porter les ballots et les malles ? Des mains pour les pioches et les bêches ? N'ont-ils aucune volonté, aucun honneur ?

Depuis longtemps, circulant dans la ville, je bute régulièrement sur des formes, mortes ou vives, dissimulées sous des haillons puants. Je fais mine de ne pas les voir. Je maudis ces incapables que Dieu a punis et qui n'ont que ce qu'ils méritent.

Mais je suis devenu plus brutal encore depuis que par bravade tu as rejoint leur troupe. Je me suis mis à cogner, j'ai envoyé mes gens faire place nette, leur ai fait donner la bastonnade. Ils ont fait les frais de ma rage, ils ont subi les conséquences de ta désertion. J'en étais bien conscient. Mon comportement relevait soudain de la déraison. J'étais en train de mettre moi-même en péril l'honneur des Bernardone et de donner raison à mes détracteurs. Au reste, mon courroux ne suffisait plus, la violence ne m'était plus d'aucun secours.

Il fallait aller plus loin. Il fallait désormais que je perce le secret de ce qui t'était arrivé, que je tente de démêler les fils de ton étrange destin.

C'est ainsi que peu à peu je pris en secret des mesures radicales. Au risque d'écorner ma fortune, je soudoyai des gens d'Assise, moins en vue que moi, pour qu'ils t'aillent espionner, qu'ils se glissent parmi les aventuriers qui te suivent, qu'ils écoutent, engrangent et viennent me faire leur rapport.

L'enquête fut longue et coûteuse. Elle n'est pas close hélas, et c'est sans avoir jamais réussi à te connaître vraiment que je vais me présenter demain devant toi, Francesco.

II

J'ai eu cette tentation : me faire passer pour mort pour mieux t'épier moi-même. Imagine l'histoire : Pietro di Bernardone dei Moriconi, drapier de son état, revient d'une tournée en Flandre avec une cargaison d'étoffes de grande finesse, qui seront vendues à Assise à prix d'or, et deux muletiers armés jusqu'aux dents pour protéger ce trésor et son propriétaire. Dans la vallée du Rhône, le convoi est attaqué par des brigands, qui pillent la marchandise et nous trucident tous les trois. Ou croient le faire. Car si mes deux acolytes sont bel et bien transpercés de part en part, je suis laissé, moi, sanguinolent et les os brisés, dans un état désespéré.

Mais je m'en serais sorti, des paysans provençaux m'auraient recueilli, et, revenant peu à peu à la vie, je me serais avisé que c'était maintenant ou jamais que je pouvais me faire oublier, et revenir incognito en Ombrie. Personne n'allait me reconnaître : je serais boiteux, décharné, ma mise serait si ordinaire que l'on me prendrait pour un simple journalier ou pour un petit commerçant sans envergure. Ces imbéciles de détrousseurs n'ayant pas pris soin, avant de m'abandonner, d'inspecter mes chausses, ils n'auraient pas trouvé la bourse d'or qui allait me permettre de vivre un moment avant d'aller en déterrer d'autres dans toutes ces cachettes que j'ai disséminées dans la campagne. Ainsi, sans même devoir travailler, j'allais pouvoir vivre.

Dona Pica s'en serait-elle seulement inquiétée de son vivant ? Elle m'avait mis à l'écart elle aussi. Rien ne m'aurait plus retenu dans la boutique. Les enfants se seraient très bien débrouillés tout seuls. Ángelo aurait eu de quoi subvenir à leurs besoins.

Dès lors qu'aurais-je fait ? Me serais-je caché pour t'observer de loin ? Ou aurais-je été me terrer dans quelque monastère, me faisant passer pour un pénitent ou un oblat, pour connaître les brouets et les breuvages infects des annexes de couvent, pour éprouver l'absence de serviteurs, m'approcher un peu – si peu – de ta vie ?

Mais c'était un rêve, Francesco, un mauvais rêve. Comment abandonner mon rang, mon commerce et mes charges ? Et pourquoi ? Je ne sais même pas pourquoi je t'avoue le passage de cette chimère.

N'imaginant plus le faire moi-même, j'ai résolu de te faire espionner par d'autres, Francesco.

Te souvient-il de Frère Urbano ? Il était à ma solde. Des années durant, il t'a suivi à la trace pour satisfaire ma curiosité. Je ne sais si tu as fini par flairer cette supercherie, mais Urbano a toujours été pour moi un indicateur précieux. Ses tarifs étaient faramineux, mais je ne regrette pas qu'il ait pu s'infiltrer dans ta coterie : il m'a tant appris sur ton compte !

De semaine en semaine, il venait me rapporter tes extravagances. Il disait que tu vivais ta misère avec allégresse, qu'un rien faisait ton bonheur, qu'entre deux prêches, de village en village, tu vagabondais avec tes comparses dans l'hilarité générale. Je n'en croyais pas un mot.

— Mais si, Messire Bernardone, il chante tout le temps ! Et en provençal. Je ne sais pas où il a appris cela. Il parsème ses sermons de cette langue étrange – tant pis pour nous si nous n'y comprenons goutte, mais comme il parle aussi avec les mains, on finit vite par saisir ses harangues ; chaque fois qu'il se met à jubiler tout seul – autant dire toutes les dix minutes –, c'est en provençal !

— Ainsi il m'aura aussi pris cela ! m'écriai-je. Lui arrive-t-il de dire que c'est moi qui lui ai appris le parler transalpin ? Lui arrive-t-il d'évoquer ma mémoire ? A-t-il déjà prononcé devant toi le nom de sa mère ?

— Je ne saurais vous rassurer sur ce point, Messire Pietro. On a l'impression qu'il n'a de famille que les créatures du monde entier, de père que l'auteur céleste de toutes choses, de lignée que celle de Notre Seigneur.

Il m'arrivait de frapper ce faquin lorsqu'il me débitait pareilles énormités. Mais je devais le ménager. J'étais inquiet. Je te savais de santé fragile, depuis toujours, et Urbano ne me détrompait point. Mais il disait que tu tenais pour rien les ravages que produisaient en toi les fièvres, que ta cécité croissante, ta faiblesse corporelle inquiétante, loin de te pousser à la révolte, te conduisaient à un regain de louange envers le Créateur... C'était à n'y rien comprendre, et, n'y pouvant mais, j'étais désespéré : tu aurais rejeté mes médecins avec mépris, comme d'ailleurs toute parole venant de moi.

Alors je me suis demandé d'où te venait cette force, Francesco. Où peux-tu trouver, dans la maladie, l'énergie de rire dans les épreuves ? D'où vient qu'une simple grippe me déprime tandis que la pourriture qui gagne tes organes te donne des ailes ? Ne croyons-nous pas au même Dieu ?

Quoi ? De l'ordure ? Urbano prétend que tu ne cesses de comparer l'argent à de la merde… De la merde au sens propre, celle qui colle aux pieds quand on marche dessus, s'agrippe par fines couches dans les vêtements, traîne dans les chausses…

Mais, mon Francesco, cet excrément, il t'a fait grandir ! Il a payé tes fêtes et tes beuveries ! On peut dire qu'à l'époque tu ne crachais pas dessus ! Tu t'en bâfrais, même… Je sais, je me répète encore, ma plume s'empêtre sous l'effet du courroux, mais s'il faut que je te le redise mille fois, je le ferai : oui, tu as bien profité de moi !

Une nuit je t'ai vu en songe, déféquant sur un tapis de pièces d'or, et moi j'étais englouti par ces pièces. Je me suis réveillé juste avant d'être étouffé.

Mais non mon fils, l'argent n'est pas de l'ordure, et d'ailleurs pourquoi aurais-tu donné une bourse emplie de déjections à ton curé de San Damiano ? L'argent, c'est mon travail, ma sueur, mes voyages, mes nuits blanches au magasin. Quoi de plus noble que cette merde-là ?

Face à ce prétendu tas d'excréments, que brandis-tu ? L'amour d'une dame, me répond Urbano sans rire. Toi qui fuis les femmes comme créatures du diable, voilà que tu t'en es trouvé une dont le nom me ferait hurler de rire s'il ne révélait pas un degré supplémentaire dans ta démence : « dame Pauvreté » !

Voilà donc où tes amours te portent ! Dame Pauvreté, dame du rien du tout…

Je sais bien que tes lectures de jeunesse, ainsi que les voyages en France où je t'ai si imprudemment entraîné, ont nourri en toi une appétence pour l'amour courtois et pour les vertus de la chevalerie, mais tout cela me laisse songeur. Tu as voulu, pour tes bondieuseries, singer le chant des troubadours, c'était ton plaisir ; défendre les opprimés, c'était ton droit ; t'armer d'une âme de preux, c'était ton honneur... Mais ce que Urbano m'a rapporté m'a littéralement laissé sans voix. Ainsi tu t'es amouraché d'une idée, tu t'es fait le servant transi de cette dame au nom ridicule, comme si l'on pouvait tomber follement épris d'un état, se faire l'amant d'une malédiction, le fiancé d'une catastrophe !

Je voyais bien que tu en crevais, pourtant, de cette pauvreté que tu prétendais révérer :

— Est-il si miséreux que cela, vraiment ? ne cessais-je de demander à Urbano.

— Ce n'est pas le mot, Messire di Bernardone. Il est pauvre. Mais il s'y complaît. La pauvreté est l'honneur de notre Ordre.

— Notre Ordre ? Ils t'ont converti, ma parole !

— Pardonnez-moi. À force de me glisser parmi eux, parfois, je m'imagine en être.

— Garde-t'en bien, paltoquet. Et n'oublie pas pourquoi je te paie.

Urbano ne me cachait pas que la faim souvent t'étreignait, que les souris grimpaient sur ton torse pendant la nuit, que les punaises couraient dans ta couche en sarabande sans te laisser de repos. Il prétendait que tu n'en avais cure, que tu tenais tout cela, vécu pour ton Seigneur, pour joie parfaite, que c'est exactement cela que tu avais recherché.

Joie parfaite, ose me dire Urbano! Tu me fais rire, Francesco. Cette délectation des nuits sans sommeil, du froid glacial et des haillons trempés, ce bonheur d'être jeté dehors par des bourgeois et des moines, tenu pour moins que rien… D'abord, tu avais voulu revêtir l'habit des ermites, puis, décidant d'appliquer à la lettre une parole de l'Évangile que Jésus n'avait prononcée, je suppose, que pour frapper les esprits – ni bâton, ni ceinture, ni sandales –, voilà que tu te mets à marcher pieds nus sur le tranchant des cailloux des collines, tandis que des hardes pendouillent lamentablement de ton corps exténué.

Et que dire de ces méchantes grottes et de ces ermitages où tu te réfugies à flanc de montagne! Certes, si j'aimais la nature, je te concéderais que la vue est belle, de ces cloîtres de fortune ouverts sur les oliviers, les amandiers et les cyprès, mais on y grelotte. Ce sont des repaires où ne pas pouvoir survivre quand vient l'hiver. Joie parfaite!

La joie parfaite? Mais pour quoi faire? Si souvent, mon Francesco, je t'ai imaginé malade, seul dans le froid, triste, sans notre secours. Mes informateurs me confirmaient les maux qui rongeaient ton corps, mais je me gardais bien d'en avertir ta mère pour ne pas l'inquiéter! Elle savait, cependant. Et moi je savais qu'elle veillait, de loin, impuissante.

Joie parfaite!

Joie ou démence ? Il paraît que tu t'es mis à parler aux oiseaux ! Urbano t'a vu de loin, dans la plaine de Bevania, en pleine conversation avec des légions de bêtes à plume dont on a prétendu qu'elles avaient fondu sur toi pour t'entendre et te fêter.

Des oiseaux ! Il y en avait de toutes sortes, semble-t-il, corneilles et hirondelles, freux et bouvreuils, pies et bécassines, huppes et rossignols, tous t'accueillant dans un vacarme de volière, puis faisant silence le plus sérieusement du monde et tendant le cou pour t'écouter leur faire le sermon le plus hilarant dont on ait jamais eu l'écho dans toute la province. Non content de leur enseigner la reconnaissance qu'ils devaient au créateur, tu les félicitais de n'avoir rien à faire pour gagner leur pitance et de pouvoir d'un coup d'aile s'élever au-dessus des prairies pour aller prendre l'air.

Féliciter des oiseaux ! À ce que l'on m'a dit, tu te préoccupes aussi des plus petites des bestioles de la création, ne souffrant pas que l'on marche sur un ver de terre et l'allant poser délicatement sur un rebord du chemin pour qu'aucun passant ne l'écrase ! Tu amadoues les loups, fais porter du vin aux abeilles pour qu'elles ne meurent pas de froid durant l'hiver, tu prêches Jésus Christ aux fleurs, aux pierres et aux vignes, enseignes l'amour du ciel aux rivières et au feu… Ne fais-tu plus aucune différence entre les animaux, les plaines et les humains ? Je te croyais tout entier dévoué aux hommes, mais je comprends qu'ils doivent compter, auprès de toi, avec la concurrence implacable de la nature. As-tu perdu la tête ?

Un moment j'ai cru que c'était Urbano lui-même qui divaguait lorsqu'il me contait ces fariboles, mais j'ai vite compris que tout cela ne révélait somme toute, qu'une part infime de ta folie. Encore celle-ci n'était-elle guère la plus dangereuse.

Je sais, je suis fasciné par l'argent – mon trésor et mon cœur – et je n'y puis rien. Rien ne me plaît comme d'étaler devant moi les pièces d'or d'une vente sur une table recouverte de velours rouge ! L'index de ma main droite saute de pièce en pièce tandis que la gauche caresse la douceur du velours puis revient lisser ma barbe avec délices. Le cou cassé, les yeux écarquillés, je suis plus attentif à ce que je compte et contemple qu'un chasseur ne l'est à atteindre sa proie. Courbé sur ces merveilles, je puis passer des heures sans rien voir des murs qui m'entourent, des tapisseries qui les recouvrent, sans rien entendre des cris des commis et du vacarme des roues des charrettes sur les pavés de la ruelle. Je suis tout à l'or ; l'or est tout à moi.

Il m'est arrivé jadis de voir ces instants délicieux gâchés par ton irruption dans la pièce, Francesco. Tu étais petit garçon alors, et je pensais que la vue de ces objets scintillants te procurerait autant de plaisir qu'un tas de jouets. Mais toi, tu m'observais avec un drôle d'air qui trahissait le parcours insolite de tes pensées d'enfant. Alors, je te renvoyais dans les jupes de ta mère et je continuais de me consacrer aux choses sérieuses.

Mais ne me crois pas incapable de partager ! Je fais la charité, moi aussi. Souvent, je donne quelques deniers à mes serviteurs pour qu'ils les déposent dans les mains des mendiants – en espérant qu'ils ne les gardent pas pour eux. Mais ce que l'on ne peut pas me demander, c'est de les approcher directement, ces gueux. Je ne puis donner ma compassion qu'à distance. C'est ainsi. Je ne me referai pas.

Et puis les gueux sont des gueux. Les brigands restent des brigands ! Urbano prétend que tu les affectionnes, ceux-là, au point d'enjoindre à tes compères de les traiter comme des rois, de leur faire tenir des festins de vins et de fromages au lieu de les pourchasser !

Il m'assure aussi t'avoir vu à quelques lieues d'ici au royaume des crécelles embrasser des lépreux, essuyer le pus de leurs membres disjoints, panser leurs plaies, les nourrir à la cuiller par leurs bouches édentées. Il t'a vu faire ce qu'aucun homme normalement constitué n'oserait faire.

C'est un grand mystère pour moi que de te savoir descendu ainsi dans l'arène des indigents, des grands malades et des pouilleux, et prétendre y avoir quelque utilité quand, avec plus de profit pour eux, tu aurais pu, de ma maison – qui est la tienne –, leur distribuer tant de richesse !

Car d'où viennent ces aumônes dont vous vivez tous ? De l'air du temps ? De la main de Dieu ? Crois-tu que l'argent se ramasse entre les cailloux ? Crois-tu qu'il y aurait quoi que ce soit à distribuer dans le monde si tant d'hommes opiniâtres comme moi ne ruinaient leur santé à produire du drap et des vignes, à commercer, à faire tourner les ateliers ? Il n'est de richesse que celle que produit le travail, Francesco. Il est trop facile de prétendre être utile au monde sans le faire fructifier. La table du Seigneur – j'ai entendu dire que c'est ainsi que tu appelles les lieux de ta mendicité – n'est pas faite pour les fainéants.

Il y a deux ans, Urbano m'a lâché. Cela devait arriver.

— Reprenez votre argent ! m'a-t-il jeté à la figure. J'arrête ce sale boulot tant qu'il est encore temps.

— Comment ça ? Te rends-tu compte des fortunes que tu m'as arrachées depuis tout le temps que je te paie ?

— Je ne vous les ai point volées, Messire Pietro, vous n'avez jamais craché sur ce que vous ont appris mes jours entiers de surveillance ! Mais à me frotter à ces gens-là, je me sens gagner par leur folie et, si je continue, je vais finir comme eux. Oubliez-moi.

Je l'ai oublié, cette crapule. Mais j'ai trouvé d'autres informateurs et, de saison en saison, je t'ai suivi pas à pas, Francesco, sans que tu t'en doutes. Jamais je ne me suis résigné à la fracture que tu avais décrétée, jamais je n'ai passé une nuit sans entendre ta voix, jamais les murs de pierre de notre demeure ne m'ont épargné le reflet de ton visage, pas un jour sans voir ressurgir ton souvenir.

Depuis quinze ans, je subis ta présence autant que je déplore ton absence. Loin de rester dans tes collines, tu ne cesses de revenir à Assise, de prêcher dans nos églises, de circuler dans les ruelles où se bousculent les gamins, et d'arpenter les places, sans jamais avoir le souci de consacrer une minute à ta maison natale. Tu passes devant la volée de marches et le porche de la maison sans me voir, sans nous voir, comme si nous n'existions pas plus que n'importe quels autres habitants de la cité.

Si proche, si lointain... Te savoir à n'importe quel moment dans les parages, à un jet de pierre de moi, est plus insupportable que de te savoir au diable, Francesco.

Parfois, j'ai commis l'imprudence d'aller au-devant de toi, sans me faire surprendre, pour voir, pour te voir. Je me souviens de ce jour où tu t'imposas à la cathédrale de San Rufino pour te livrer à l'un de ces prêches gesticulants par quoi, têtu comme une mule, tu espérais dicter à tes compatriotes ce qu'ils devaient penser, à les pousser à je ne sais quelle conversion. Tout Assise était là, bouche bée, prête à avaler tes sornettes. Pica m'avait convaincu de ne pas manquer ce qu'elle appelait un événement. Je me fis beaucoup prier, mais je finis par m'y rendre, laissant Ángelo surveiller le magasin.

Je me mis très loin au fond de l'édifice, pour ne pas être aperçu de toi, à demi caché par un pilier. J'avais tenté d'éviter une tenue trop ostentatoire qui m'eût fait reconnaître, mais du coup j'étais empêtré dans une tunique de commis, correcte mais incommode, et dans des chausses râpeuses ; j'étais coiffé d'un bonnet ridicule et pour tout dire fort mal à mon aise.

Mais vite j'oubliai cet inconfort, et j'assistai, fasciné, à l'étendue de ton talent.

D'une voix étonnante, à la fois douce et véhémente, comme enflammée, riant comme un enfant, tu parlais du ciel et de son maître avec une telle conviction que je voyais les gens se retourner un à un, prêts à se laisser leurrer le temps d'une journée par l'un des leurs, fût-il devenu fou – avant de retomber dans leurs orgies le surlendemain – je n'en étais pas dupe.

Je n'oublierai jamais cette heure passée à t'entendre et à contempler mes voisins. Il y avait en moi quelque chose qui repoussait tes paroles de toutes mes forces, mais – cela me fait mal de te l'avouer – il y avait aussi quelque chose qui m'émut profondément dans cette voix familière, dans cette jubilation du verbe, dans cette courtoisie que je connaissais si bien, avec laquelle tu livrais des propos pourtant terribles. Non, rien, ni ta trahison, ni notre rupture, ni ton déni de ma paternité ne pouvait le rompre, ce lien. Il était là pour toujours.

Et j'ai imaginé que, forcément, tes pensées devaient te mener parfois à ta mère et à moi. Naïf, j'ai cru que nous ne pouvions pas avoir été complètement supplantés par ton Christ.

Il fallait que j'aille plus loin pour me rendre enfin compte par moi-même de la vie que tu menais. Un matin, j'ai fait ce à quoi je n'aurais jamais pensé consentir: moi, Pietro di Bernardone, je me suis travesti en pouilleux – c'était un supplice – et j'ai demandé à Baccio, un vagabond qui traîne souvent à ma porte et dit fort bien te connaître, de m'emmener en un de ces lieux de la montagne où, assure-t-on, tu aimes à te réfugier. J'ai payé son silence à prix d'or. Quant à moi, j'ai pris mille précautions pour n'être pas reconnu, et surtout pour être certain que tu n'étais pas dans les parages.

Baccio m'a conduit sur le mont Subasio; il y avait des lustres que je n'avais marché aussi longtemps, j'étais trempé de sueur sous des hardes dont le moins que l'on puisse dire est que je n'en étais pas coutumier. Vers la cinquième heure, il m'a fait pénétrer dans une sorte d'ermitage perdu au milieu des sous-bois. C'était un lieu fort solitaire appelé Carceri. Quel nom! Cachots, hameau pénitentiaire...

Je secouai Baccio:

— Es-tu sûr qu'il n'est pas là en ce moment? Ne me raconte pas d'histoires!

N'espérais-je pas secrètement qu'il n'en soit pas certain, justement? Et que se serait-il passé alors si nous nous étions trouvés nez à nez? Je pense que, me voyant dans cet accoutrement, tu serais parti d'un rire inextinguible et que j'aurais été cramoisi de honte...

— Bien sûr que non, Messire Pietro, il est parti depuis trois jours, je m'en suis assuré.

— C'est là qu'il vit?

— De temps en temps, mais il aime aussi les failles tout autour.

— Les failles ?

Baccio me fit découvrir ces creux de rocher où, paraît-il, tu aimes à te réfugier.

— Même en plein hiver ? insistai-je.

— Surtout en hiver ! ricana le manant.

J'ai éloigné Baccio, je me suis assis sur un rocher, et j'ai pu tout à loisir t'imaginer cassé en deux la journée entière à méditer sans même un livre, tenant tes compagnons à l'écart.

Ces failles ! Ces plaies des roches dans les sombres forêts de l'Ombrie, comme s'il te fallait rejoindre quelque matrice naturelle pour faire souvenir de la mère qui t'a porté… As-tu songé à la douleur de ces blessures que tu nous as fait endurer, à elle et à moi, à cette faille qu'a vite creusé entre nous le seul fait de ton existence ? J'étais bien, nous étions bien, ta mère et moi, tes frères et sœurs et moi, tout d'un bloc, fiers, solides et conquérants, modèles pour nos concitoyens, si près du but !

Mais aveugles, peut-être, comme tu l'es devenu ensuite, au sens propre, hélas !

Crois-tu donc que nous ne sachions rien de l'humaine faiblesse ?

Je me demande souvent vers où, vers qui est dirigée la force de ma colère : vers toi qui m'as quitté, vers Pica qui t'a laissé partir ou vers moi qui n'ai pas su me faire obéir… ?

Crois-moi ou non, moi, ton père si solide et si dur, je me suis effondré sur cette montagne, secoué de sanglots. J'ai pleuré sur toi, sur ta mère, sur moi. Pleuré de rage, de pitié, de tristesse, que sais-je ? Mais aussi – c'était tellement mystérieux, tellement inattendu – pleuré de tendresse. Tu m'as entraîné dans des fonds où je ne voulais pas aller, peut-être même m'y avais-tu appelé secrètement, depuis longtemps, me pressant de t'y rejoindre.

Mais qu'est-ce que je raconte? Comment consentirai-je à une telle absurdité. Ma position et mes liens, dans la société d'Assise, sont trop forts pour que j'abandonne tout cela. J'ai même eu l'intuition que si je le faisais, je priverais le monde de la deuxième moitié de toi-même.

Car l'univers ne saurait être tout entier bure, froid, solitude et soin de la gente misérable. Il a besoin de moi, de mon opulence, de mes coups fourrés, comme il a besoin de ta pureté radicale.

Je hais la nature, Francesco. Je hais cette nature qui te fait jubiler – sans moi – au prétexte que tu y vois l'œuvre de Dieu. J'aime, quant à moi, ce que produit la main de l'homme. De beauté, je ne connais que le dessin des étoffes et des draps, car lui seul rapporte quelque chose. A-t-on jamais vu des prairies et des arbres produire la moindre piécette d'or sinon par le lait des chèvres et des brebis, et en quoi le lait des bêtes est-il meilleur ou mieux vendu d'avoir été fabriqué dans un cadre bucolique ?

Je ne connais de beauté que celle de la fortune et de la puissance ; je n'apprécie que de bien solides bâtisses plantées au milieu des cités, ornées de sculptures de granit façonnées de mains d'homme. Je n'aime que ce que forge le travail : ne m'émeuvent que les splendeurs industrieuses. Pourrais-je m'extasier devant des montagnes ou des océans dont la prétendue beauté ne doit rien au labeur ?

Je hais le soleil, la lune, le feu ; je vomis les sources et la forêt, toutes les bêtes, bestiaux et bestioles de la création, toute cette inhumaine famille que, m'a-t-on dit, tu t'es attribuée, instituant le soleil et le feu comme tes frères, la lune, l'eau et la terre comme tes sœurs.

Je hais tout ce qui fait mémoire de ton départ et de tes appétences, tout ce qu'à moi, à nous, tu as préféré. Je ne suis bien désormais que planté dans cette ville minérale, entouré de murs et de fortifications. De ma demeure de pierre, solide et imposante, j'ai banni la moindre plante ; et les oiseaux qui s'avisent d'entrer dans ma cour sont immédiatement abattus sur mon ordre.

Car ma vie, par ta faute, est un gouffre, un échec, une misère. Comment supporter encore la brûlante succession des jours ? Qu'espérer ici ? Qu'espérer là-haut ?

À toi, l'amant des grottes obscures, je le proclame : pas plus que le silence je n'aime l'obscurité. J'ai fait élargir mes fenêtres. Je veux que le jour m'inonde, que le bruit de la rue m'assourdisse. La nuit, ma demeure est illuminée de flambeaux. Je récuse tout ce qui peut me faire plonger en moi-même. Loin de moi la pénombre et la méditation.

J'écoute ce que l'on dit de toi. Et je dois tout entendre ! Ah, ces vertus que l'on te prête, cette odeur de sainteté qui couvre celle de ta sueur… Saint Francesco ? Sainte Nitouche, oui, ou saint Glinglin, imagines-tu qu'un jour Rome te canonisera, avec ton caractère de cochon, tes bouffées d'autoritarisme, tes colères inattendues ? Je te connais tellement, Francesco : tu peux bien aspirer à la perfection, mais cette idée absurde de l'atteindre par le bas ne réussira jamais. Cette histoire des derniers qui seront les premiers, je ne la gobe décidément pas. C'est une absurdité. Tant qu'à conformer sa vie au saint Évangile, rappelle-toi plutôt celle-là : « *Qui non habet et quod habet auferetur ab eo.* » À celui qui n'a rien on enlèvera même ce qu'il a…

Quand je pense que devant tes pas, certains jettent leur manteau, tandis que dans ma propre ville on me crache au visage ! Quels témoignages de soutien ai-je obtenu de mes amis ? Aucun ! Comme s'ils m'avaient déclaré infréquentable, depuis le début ! Mais patience, mes compères… D'ici peu, vos propres fils seront des va-nu-pieds, eux aussi. Francesco les aura convaincus de vous abandonner ! Tous ne sont pas encore partis. Les fiers jouvenceaux d'Assise ne se sont pas tous engouffrés comme des moutons en troupeau dans le gouffre des chimères de mon fils. Il en reste ! Certains chevauchent encore, rient, boivent, festoient et séduisent dans des coins de porte tout ce que la cité compte de jupons et de chausses, mais cela ne durera pas. L'épidémie sera totale. Sainteté ? Désastre, oui !

Ce que furent, Francesco, les premières nuits de Noël sans toi, ce que furent les premiers simulacres de fêtes familiales, sans saveur, pleines de rage, messes de minuit sans émotion…

La messe sans toi…

Ces nuits-là, je buvais tant que les serviteurs devaient me hisser à l'étage, inanimé, après que j'aie vomi toute ma rancœur sur mes tapis précieux.

Tu es parti, je hais les fêtes et les pompes ecclésiales.

Du temps où ce traître d'Urbano travaillait pour moi, il m'avait raconté que, parmi les inventions de ton imagination, tu avais monté à Greccio une sorte de théâtre de marionnettes pour figurer la venue au monde du Sauveur. Tu avais reconstitué l'étable et ses mangeoires, amené là des bêtes de somme et des bestiaux de pâture, convoqué chevriers et pastoureaux – et leur odeur avec – et convié la population alentour à adorer l'image d'un nouveau-né. Sans doute espérais-tu que les générations futures reproduiraient ce simulacre à Noël… Une crèche ! Toujours te mettre en scène, toujours ce maudit goût du spectacle… Ces exhibitions, ces gamineries…

Ah Francesco, que n'as-tu été t'établir à l'autre bout du monde ! Pourquoi n'as-tu pas traversé les océans, de sorte que pour avoir de tes nouvelles il me faille attendre des mois, des années entières… J'aurais pu t'oublier, au lieu de quoi toute l'Ombrie bruisse de ta présence, tout ici me parle de toi. J'ai beau me boucher les oreilles et les yeux, tu es là, sans cesse, pour mon tourment…

Quoi ? Que m'arrive-t-il encore ? Comment puis-je m'abaisser à nouveau à des propos d'une telle bassesse ? Pietro di Bernardone aurait-il perdu toute pudeur, tout sentiment de son rang ?

Mystère.

Mystère que cette colère intacte qui demeure en moi et me ronge et me mine en même temps que s'élargit en moi la faille par quoi, sans y consentir, je pénètre en ton royaume.

Mystère que ce courroux qui peu à peu se retourne contre moi et m'accuse de n'avoir rien vu, rien cherché à comprendre, rien approuvé, jamais.

Caïn et Abel en mon cœur se font face, l'un qui retient, l'autre qui donne, l'un de mort, l'autre de vie. Découvrir, un jour, qu'en toi aussi ils s'affrontent...

Sous mes doigts, je sens la plume se cabrer. Tantôt docile tantôt rebelle, elle ne cesse de balancer entre ce que je veux et ce que je réprouve. Serais-je devenu son esclave ? Prétendrait-elle dicter ma conduite et ordonner ma pensée ?

Non, je ne me laisserai pas posséder, moi, je me battrai, je veux vivre, et manger et boire, et avoir chaud et travailler et sauter les courtisanes ; m'enivrer comme jadis tu le fis sans vergogne, profiter de cette vie si courte et si ingrate.

Personne n'aura raison de ma fortune ni de ma position. Personne, entends-tu, même pas toi. Qu'est-ce que tu crois, avec tes histoires de dépossession ? Que je n'ai jamais renoncé, moi ? Qu'est-ce que tu en sais ? Que sais-tu de ces matins où j'ai dû me lever avant l'aube pour faire charger sur les ânes des cargaisons nouvelles de drap et de brocard, et y mettre la main moi-même ? Que sais-tu de cette vie de sacrifices ? Crois-tu que tu aurais eu tant de frères à ta suite si, du temps où, grâce à moi, tu vivais grassement, tu n'avais pas régalé tant de bons amis ? Je ne cesserai de le redire : sans mon or tu n'aurais point été longtemps le roi de cette jeunesse que tu as ensuite dévoyée dans les forêts et les léproseries. Qu'est-ce que tu imagines ? Que né mendiant tu aurais réussi à transformer en simples croquants les plus beaux fleurons de la bourgeoisie et de la noblesse d'une province entière ?

Non, il te fallait connaître la douceur de mes étoffes pour choisir la rudesse de ta bure ; connaître les gras festins pour gagner ensuite l'ascétisme ; avoir eu longtemps les pieds au chaud pour te permettre ensuite de supporter les grottes frigorifiées et les anfractuosités hostiles. Au moins rends-moi justice de t'avoir appris l'opulence pour te permettre d'aspirer à la pauvreté.

Je ne suis guère un contemplatif, Francesco. Mais, m'escampant par je ne sais quel miracle de la vie de vacarme et de besogne qui est la mienne ici, il m'est arrivé de me trouver sur une place d'Assise à l'heure de la sieste, une place baignée par un large soleil, et de me dire : au moins, en ce moment, et même s'il est loin d'ici au sommet de quelque colline, mon fils n'a pas froid. Au moins le même soleil nous éclaire. Au moins, à l'heure qu'il est, les éléments l'épargnent. L'air que nous respirons tous deux au même moment, le soleil et l'azur qui s'offrent à nous pareillement permettent que nous puissions nous rejoindre : c'est là le miracle que même ta trahison, même ma colère ne parviendront jamais à empêcher.

Un matin j'étais parti acquérir du drap à Ravenne, mon cheval a trébuché et s'est blessé si gravement qu'on a dû l'abattre. Pendant qu'on allait en quérir un autre, j'ai été contraint de m'arrêter et de ne rien faire. Le soleil s'est donné à moi sans que je ne demande rien, et une brise légère s'est levée, agitant doucement les feuillages. Et soudain, quoique luttant de toutes mes forces contre cette tentation, je me suis abandonné au silence et à la nature, et j'ai eu brièvement l'impression que tu étais à mes côtés, qu'ensemble nous jouissions de la brise et de la beauté du lieu.

Le silence était tout relatif. La forêt bruissait légèrement. Des passereaux sifflaient. L'atmosphère était brumeuse et les feuilles jaunissantes des arbres d'automne faisaient de la forêt un tableau vivant. Je me disais : comment se fait-il que je n'aie jamais connu ainsi ma terre ? Quelle respiration a été la mienne qui a ignoré cette pureté ? Je n'avais encore jamais regardé avec attention un arbre, une colline. J'avais entendu les oiseaux sans les entendre, écrasé des branches mortes sans les remarquer. Et de nouveau j'ai senti à mes côtés ta présence. Je crois que je m'étais assoupi...

Pica, Pica !… Elle et moi étions brouillés – par ta faute, Francesco – et pourtant, je le jure, je n'ai cessé de la chérir ! Avant de mourir, elle demeurait rongée de chagrin, mais elle se faisait un point d'honneur à n'en rien laisser paraître.

Chaque fois qu'auprès d'elle je laissais exploser ma colère, chaque fois que je tentais de lui arracher quelque parole de désapprobation à ton endroit, je ne recueillais qu'un silence énigmatique. Elle parlait peu, et cela me rendait fou. Ce visage à demi penché, cet imperceptible sourire qui parfois pointait sur ses lèvres alors même que je ne cessais de vociférer… Que ne pleurait-elle carrément, que ne répondait-elle à mes injures ? Mais non. Toujours ce mutisme accusateur !

Qu'ai-je raté, cependant ? Quels errements furent les miens pour qu'elle et toi me rejetiez ainsi ? La tendresse que je te vouais était-elle donc si pesante, si envahissante que tu aies été contraint de t'en dégager ? T'ai-je mangé, dévoré, possédé au point que tu te sois senti disparaître ? Ai-je manqué de confiance en toi ? Qu'ai-je raté ?

Qu'ai-je tué en toi, Francesco ? Quels sont ces cris étouffés, ces sourds griefs que tu n'as pas eu le cran d'exprimer avant de m'asséner ces paroles définitives devant le palais épiscopal ? Et pourquoi Pica ta mère ne m'a-t-elle pas alerté à temps ?

Oserai-je ? Parviendrai-je enfin à me libérer de ce secret brûlant dont aucun des clercs qui m'ont entendu en confession au cours de ma vie n'a jamais eu connaissance ? J'ai résisté longtemps, mais je sens qu'il est temps de me mettre à mon tour à nu devant toi, de m'accuser de ce que, peut-être, tu ne me pardonneras jamais.

Ta mère est morte un matin d'avril au terme d'une longue maladie. Après toi, Francesco, c'est elle qui m'abandonnait. C'était il y a quatre ans.

Nous avons veillé sa dépouille plusieurs jours sans que je sois capable de prononcer un mot, de répondre aux paroles insipides des voisins, de faire un geste pour ordonner les funérailles.

Une seule pensée me tenaillait : allais-je te faire prévenir ?

C'eût été la moindre des choses. J'aurais même dû le faire avant, pendant ces longues semaines d'agonie. Elle me l'eût évidemment demandé si elle avait pu parler. Ángelo avait tenté à plusieurs reprises d'aborder le sujet. Je l'avais toujours renvoyé à son comptoir, lui enjoignant de se mêler de ses affaires.

Lorsque Pica nous a quittés, ton frère est revenu à la charge. Je lui ai sèchement interdit de faire la moindre démarche auprès de toi, prétextant que de toute façon il ne saurait pas où te trouver, que tu étais bien assez grand pour savoir ce que tu avais à faire, si d'aventure la rumeur te parvenait.

Je voulais, seul, décider. Comme toujours.

Un réflexe satanique a eu le dessus. J'ai voulu cette vengeance minable, j'ai voulu, moi aussi, mettre à bas toutes les conventions. Non, tu n'assisterais pas aux obsèques de ta mère.

Le jour du service funèbre, étreint par la double malédiction de son décès et de ma trahison, je n'avais qu'un désir : rejoindre au plus vite Pica au séjour des morts, ne plus exister, vivre enfin ma damnation.

La foule était immense pour accompagner la défunte. Qui sait si tu ne t'étais pas glissé dans le cortège ?

Je t'imagine là, à un jet de pierre, parmi les pleureuses. Je t'imagine hésiter ; me voir de loin ; décider de faire un formidable effort sur toi-même ; venir me gratifier d'une brève accolade. Mais c'est un songe. Cela n'est pas advenu.

Parce que je ne l'ai pas voulu.

Puisque j'en suis à m'accuser, je peux bien aussi t'avouer d'autres effets de la perversion dans laquelle ta rupture m'a jetée.

Ces créatures pulpeuses, aux lèvres bien charnues, qui par trois fois sont venues te tourmenter en ta retraite, étaient des prostituées que j'avais payées grassement. Instruit de leur art par ma propre expérience, et sans leur dévoiler que j'étais ton père, je leur avais donné des directives que je n'oserais te rapporter ici, détaillant pour elles les artifices et les pirouettes qui pourraient avoir enfin raison de ta résistance. Je pense qu'elles étaient fort étonnées de la précision de mes ordres – et de ma connaissance des usages de la débauche –, mais elles n'en discutèrent pas une culbute tant le marché leur était profitable.

Las ! Elles sont revenues, furieuses pour me faire croire, non sans insolence, les pires fariboles sur ta supposée vertu :

— Ce moine est fou à lier, Messire, il nous a tournées en ridicule plus qu'aucun des faiseurs de galipettes de notre carrière. Il n'y a rien à en tirer. Payez-nous le double du prix convenu, c'est le diable, il nous poursuivra dans nos cauchemars jusqu'à l'hiver.

— Comment osez-vous ? rétorquai-je. Tout l'or que je vous ai déjà versé n'a donc servi à rien ? Vos charmes sont-ils si flétris et vos jeux à ce point ordinaires que vous n'avez même pas su faire fléchir un homme normalement constitué ?

Elles n'ont rien voulu savoir. Elles ont prétendu qu'au moindre frôlement de la tentation, tu t'allais plonger dans des fondrières d'eau glacée, tu te flagellais, te roulais dans les ronces, te jetais au milieu des braises !

Je les ai renvoyées avec brutalité – et sans un sou – après avoir vainement tenté de récupérer mon avance.

Et puis quoi encore. J'aurais dû m'en douter : tes goûts te portaient-ils ailleurs ? Je ne pouvais y croire, c'est impossible dans la famille.

Chasteté ? Laisse-moi rire !

Crois-tu que j'aie oublié le Francesco séducteur de jadis ? Crois-tu que j'étais dupe de la nature des fêtes que je te laissais organiser dans les sous-sols d'Assise ?

Toi, le coureur de jupons, tu avais donc décidé de ne plus rien connaître des femmes, d'interdire même à tes frères de leur adresser la parole ! Fallait-il que tu aies la terreur de succomber à leurs attraits pour que tu te protèges ainsi ! On m'a raconté tes rencontres secrètes avec la fille Offreduccio lorsqu'elle a commis la folie de suivre ton exemple et a créé son Ordre : il paraît que Chiara et toi vous ne vous retrouvez jamais en tête à tête. Toujours, elle est chaperonnée d'une duègne et toi d'un frère très observateur qui ne te passe rien : tu prends toutes les précautions pour éviter de succomber.

J'étais loup, tu étais homme. Il y a des années, Francesco, j'ai fait ce rêve sauvage : j'étais enragé, tout entier tendu vers toi, prêt à déchiqueter ce qui reste de tes chairs, bavant, tremblant, tous crocs dehors, mes yeux de loup plantés dans les tiens, incapable d'un geste, hors de moi, mais en même temps subjugué, impuissant, épouvanté.

De ce que tu m'as dit dans ce rêve, je ne me souviens guère. Tu t'imaginais parler à une bête, mais c'est à un fantôme que tu t'adressais. Soudain, je me suis avisé que tu étais devenu aveugle et que d'un bond je pouvais en finir, t'éjecter de la carte des vivants, te rayer de ma mémoire, me libérer enfin. Les villageois sont sortis un à un. Un instant je les ai crus armés de piques et de gourdins, mais c'était de victuailles qu'ils étaient chargés. Je me suis étendu devant eux, et nous avons conclu un pacte, tandis que je me mettais à grogner doucement, comme tous les loups du monde. Ta mère, effrayée, a secoué ma chemise trempée, et je me suis réveillé dans la nuit noire, comme apaisé.

As-tu jamais cherché à me revoir, Francesco ? As-tu souffert au moins du fait que nous ne nous soyons jamais réconciliés ?

Par ma qualité de marchand voyageur, j'ai toujours eu la réputation d'un homme qui en sait beaucoup sur les affaires du monde. On venait aux nouvelles dans ma boutique ou sous les voûtes de ma salle d'armes, on s'attardait chez moi pour passer un moment et rêver aux Flandres ou à la Provence. J'étais un colporteur de nouvelles.

J'aurais bien pu faire courir sur toi, lors de ces rencontres en ma demeure, toutes sortes de bruits. Mais j'ai préféré le faire par personnes interposées. J'ai soudoyé des prêtres pour qu'ils aillent te dénoncer auprès de Monseigneur l'Évêque, laissant soupçonner de ta part des actes inavouables. J'ai même réussi à faire remonter à Rome des doutes sur ton honnêteté et sur ton désintéressement. J'ai payé la terre entière pour que sur toi les suspicions s'accumulent.

En pure perte.

Mais sans le moindre état d'âme.

En faisant cela, je n'ai jamais eu le sentiment de te trahir. Tu avais mal tourné, il était peut-être encore temps de te ramener à la raison, c'est tout.

Parmi tous les vocables qui sont revenus à mes oreilles pour décrire le comportement de ta bande de fous : jongleurs de Dieu ! Bouffons, oui, alternant mortification et pitreries, ascèse et rigolade, carême et bamboche… C'est bien toi, cela : le feu et la glace, le rouge et le noir, le père et le fils en somme. Quand je pense à tous les efforts que j'ai consentis pour que tu me surpasses, au lieu de quoi tu n'auras réussi qu'à me ridiculiser ! Pietro di Bernardone n'est donc que le père d'un bouffon doublé d'un incapable, père de personne à la vérité, humilié par un vulgaire jongleur…

Et qu'on n'aille pas croire que ce paltoquet d'Ángelo fut ma consolation ! Parfaitement obéissant, avec sa soumission et son respect de façade, il a toujours rampé : il savait où était son intérêt ! Mais je n'étais pas dupe ! Le petit air de garçon sage de ton frère cachait, je le sais, l'intense satisfaction d'avoir vu l'héritage t'échapper, le laissant seul futur maître de mes affaires et de ma fortune.

Ce beau nom de Bernardone, c'est lui qui l'aura sauvé, malgré tout. Avant tous les autres de tes frères et sœurs, il s'est marié devant Monseigneur l'Évêque, et m'a donné une descendance. Il deviendra même chevalier. Il n'a pas ton talent, mais il travaille dur, il est honnête et, lui, n'a pas déserté. Je devrais en être fier, lui témoigner ma reconnaissance. Mais de quoi ? Il n'aura fait que son devoir de fils et d'héritier.

Tandis que je devrais lui rendre son dû dans mon cœur, je le tiens pour étranger. Il m'arrive même de me demander si je ne lui en veux pas d'être conforme à ce que j'espère d'un fils, d'avoir jusqu'ici accompli en tout point ma volonté. Je le regarde en coin, parfois, et je déteste son visage si normal, ses vêtements si conformes aux usages. Je le trouve hypocrite, falot, rangé, et pourtant il est exactement à l'image de ce que j'attends d'un de mes descendants. Il ne me sert à rien sinon à vendre. Ce n'est pas un allié : tout au plus un collègue à supporter.

Et, crois-moi ou non, ce que je lui ai le plus reproché, ce sont ses sarcasmes à ton égard, sa façon de railler ta mise et tes sermons, de mépriser les larmes de sa mère…

Tu m'avais renié la qualité de père, je ne t'avais plus reconnu comme mon fils. Nous ne pouvions plus rien nous dire. Nos mondes avaient divergé au point que toute idée de rencontre tenait de la chimère. Impossible pour toi de me comprendre, impossible pour moi d'admettre tes folies.

J'avais longtemps été tenté d'obtenir du Podestat qu'il finisse par vous enfermer tous et du Seigneur Pape qu'il vous excommunie. J'aurais pu faire pression sur tout ce clergé qui a laissé faire, sur toutes les autorités civiles et religieuses qui ne se sont pas opposées à la prolifération de ton Ordre. Mais j'arrive au bout de ma course, Francesco, et tandis que la province entière est avec toi désormais, personne ne me fait plus aucun crédit. Les gens d'Assise déblatèrent dans mon dos, mes anciens amis m'évitent, je suis un paria qui aurait échappé à ta sollicitude. Je suis un grain de sable au pied de ta montagne, je ne suis plus rien.

Et moi qui n'ai jamais pu présenter ma défense, moi qu'aucun avocat n'est jamais venu soutenir, je porte les stigmates de ce silence de toute une vie, de ce dialogue refusé.

Après ton départ, j'ai beaucoup voyagé. J'ai parcouru toutes les routes de France, poussé parfois jusqu'à la Flandre, fureté du côté des foires bavaroises.

Mais je ne cherchais pas que la fortune dans ces villes marchandes. Je m'adonnais aussi à la jouissance, avec une frénésie à la hauteur de ma propre rancœur, à des commerces d'une autre nature que ceux du drap et de la moire.

Dans les cabarets les plus douteux, j'allais quémander les charmes de courtisanes éméchées, qui m'entraînaient en des chambres d'amour où s'entassaient dans la pénombre des corps enchevêtrés. À l'étranger, je succombais sans retenue aux appels de la chair, je me vautrais dans ces orgies anonymes sans crainte d'être reconnu : loin d'Assise, je ne craignais rien, ni pour ma position, ni pour la paix de ma famille. Dieu sait comment Dona Pica, qui depuis longtemps se refusait à moi, aurait réagi à ces galipettes de fortune, si elle avait fini par en être avertie… Ce que je sais, c'est que l'oxygène de la luxure m'était alors nécessaire.

Tandis qu'à ces plaisirs faciles – et lointains – je m'adonnais sans retenue, tu te lançais toi aussi, m'a-t-on dit, dans d'imprudents voyages. J'ai eu vent de tes errances, de tes naufrages, de tes expéditions avortées. On m'a narré ta folle équipée au-delà des lignes sarrasines. On ne m'a rien caché de cette idée absurde qui t'a pris d'aller convertir un sultan en Égypte. Je suppose qu'il n'avait que faire de tes prêches et n'attendait que le bon moment pour te faire décapiter. C'est ce que tu cherchais, non ? Le martyre pour couronner une vie de traîne-misère.

Mais l'on m'a dit aussi que ce n'est pas ce qui s'est produit. Que le sultan t'a relâché et même que tu as refusé ses cadeaux. Que s'est-il passé ? Que vous êtes-vous dit ? Me le diras-tu, au moins, lorsque nous finirons par parler ?

Pourquoi avoir bravé les mers pour de telles chimères ? Il paraît qu'avant d'atteindre le palais du chef des infidèles, tu as failli être laissé pour mort par trois fois, que les croisés eux-mêmes, lassés de tes remontrances, ont tenté, au Levant, de se débarrasser de toi.

Ainsi, tu ne tiens pas en place, et je m'en offusquerais volontiers si je ne ressentais pas, à ma surprise, une manière de satisfaction en te voyant traiter ainsi avec les grands de ce monde : seigneurs papes, prélats, sultans sarrasins et tant d'autres. Le gratin de notre province lui-même ne se sentit-il pas honoré de t'avoir comme maître à penser ? J'en ai appris de belles à ce sujet, d'ailleurs.

Pietro di Zalfano, un de mes compères, m'a conté l'incroyable carnaval que tu suscitas un jour, sous prétexte que le

Seigneur Pape avait accordé une indulgence spéciale à tout citoyen se rendant en ta chapelle miteuse du milieu de la forêt. C'était en plein mois d'août, et tout ceux que tu avais acquis à ta cause dans la bourgeoisie et l'aristocratie d'Assise étaient là, au garde-à-vous, comme pour te faire allégeance.

La cérémonie, me rapporta Zalfano, qui y avait pris part, fut somptueuse. Des prélats par paquets, Guido l'évêque d'Assise qui avait jadis recouvert ta scandaleuse nudité, mais aussi les évêques de Pérouse, de Foligno, de Spolète, avec leurs chapeaux et leurs chlamydes malgré la chaleur, toute cette élite chamarrée et arrogante, aussi éloignée de ta dame Pauvreté que moi du roi de France.

Il y avait aussi force châtelains, ceux de Seguino et d'Armazzano, Giovanni di Pietro di Tebaluccio, le seigneur de la Tour de Perlici, Giovanni di Gualtieri, le seigneur de Montemelino, Andrea de Bevagna, et tant d'autres notables que je connais bien. Juché sur une estrade, tu déclaras, me dit Zalfano, vouloir tous les envoyer au paradis, on te prit pour un ange, et tous pensèrent faire partie de la gent élue.

Moi, je me morfondais en ma boutique dans Assise désertée.

Peu après cela parvint à mes oreilles, comme un coup de tonnerre, l'incroyable, la scandaleuse nouvelle.

Prenant tout le monde de court, tu abandonnais d'un coup la position que tu tenais à la tête de ton Ordre, tu t'en délestais pour la transmettre à je ne sais quel incapable, comme si tu ne t'estimais plus être d'aucune utilité, comme si tout cela n'avait servi à rien !

J'ai pensé qu'une deuxième fois tu te dénudais, rejetant à nouveau ce qui t'avait fait vivre, ainsi que tu l'avais déjà osé devant moi lors de ton procès. Publiquement, honteusement.

Le rouge me monta à la tête, Francesco ; c'était vraiment le bouquet ! Comment aurais-je pu admettre semblable désertion ?

Voyons les choses en face : dans ta folie contagieuse et dans ton obstination forcenée, tu as réussi à attirer à tes idées des milliers d'hommes, à arracher à leur position tant de garçons promis à un bel avenir, mais qui comme toi ont préféré se renier eux-mêmes et abdiquer leur réussite pour te suivre comme des moutons. Le Seigneur Pape a même accepté de te recevoir, admis ta Règle, et confirmé ton ministère à la tête d'un Ordre immense et reconnu, dont je comprends, d'après ce que l'on m'a rapporté, qu'il était fort bien organisé. Et puis d'un coup, prétextant me dit-on une santé fragile, tu renonces à ta charge. Que tu sois malade ou non, aveugle ou simplement bigleux, cette dérobade m'a paru d'une grande insouciance. Avec moi, tu avais la fortune, tu l'as dédaignée. Avec ta bande d'illuminés, tu avais la puissance, tu n'en as plus voulu !

Cela t'étonnera sans doute, mais, passées les premières années de colère, il n'y avait pas en moi plus grand désir que la réussite de ton entreprise. Puisque tu avais choisi ce chemin – que je réprouvais –, je voulais qu'au moins il t'apporte la gloire. Mais je vois qu'aujourd'hui tout cela part en fumée, et que dans dix ans personne ne parlera plus de toi.

Comme moi, tu vas mourir un jour, Francesco, et faute d'avoir profité de la position qui t'était offerte (allez, je suis bon joueur: que tu as conquise), tu seras oublié de tous. Si tu n'avais pas renoncé à ta charge, peut-être le monde entier affluerait-il ici dans quelques siècles pour t'honorer! Imagine un peu: Assise bâtirait une basilique et des palais immenses consacrés à ta dévotion. Un peu d'efforts et tu te retrouverais près de moi dans le panthéon de la cité, chef d'un Ordre respecté. On t'aurait fait cardinal, pape peut-être, et, mon courroux étant enfin apaisé, tout eût été résolu entre nous. Plus la moindre trahison: tu te serais racheté à mes yeux. Tout serait rentré dans l'ordre.

On dit que tous te vénèrent. Mais ne te fais pas d'illusion. Refusant de garder la position qui te revient, ils t'oublieront vite! À quelle réussite pourrais-tu prétendre en dehors de celle de la direction d'une institution?

Que tu aies craché sur l'argent, passe encore, Francesco. Mais sur la puissance, c'en est trop! Aux palais du pouvoir tu as préféré l'humidité des failles de la montagne, aux hauteurs les positions mineures, à la gloire le silence. Tes valeurs et les miennes étaient assurément à milles lieues les unes des autres!

Ton silence. Ton maudit silence qui, lorsqu'il m'assaille, réveille tant de frayeurs… Moi, pour me sentir vivant, j'ai besoin de bruit tout le temps. D'entendre le sabot de mon cheval quand je suis en tournée, le cliquetis des chopes dans les tavernes le soir venu. À Assise, je ne puis m'endormir que si, en bas du logis, les serviteurs et les commis, gavés d'hypocras et de piquette, jacassent encore dans la nuit. Je ne puis trouver le calme que si la jeunesse caracole dans les ruelles. J'aimais tes fêtes et ton vacarme, tes beuveries et tes bombances, les carillons des hauts clochers et les vociférations de la soldatesque. J'aime la vie des hommes autour de moi et jamais je ne m'enfuirais, moi, dans le silence austère de la montagne. J'ai besoin de cris, de grincements, de gargouillis, de pétarades.

Mais lorsque, à l'approche de l'aube, ces bruits s'étouffent peu à peu, je me réveille en sueur, et alors tout, dans ce silence, dans cette paix revenue et tellement redoutée, tout me ramène à toi, à mon échec, à ta folle entreprise, à ma colère et à mes peurs, à mes failles et à mes doutes aussi, à mes formidables doutes.

Qu'il faut bien qu'à présent je t'avoue.

III

Ce fut un ouragan dévastateur, Francesco, auquel je ne m'attendais pas. Quelle épreuve que de constater brusquement, vers la fin de son existence, le dérèglement de tous ses sens, de voir la décadence en face, d'assister, impuissant, à son propre effondrement !

Comment te dire cela, mon fils ? Comment les mots pourront-ils te décrire le tumulte qui se produisit en moi aux alentours de la Saint Jean sous ce toit où tu grandis, dans ce logis de pierre sur quoi je régnais en maître ? Je crains que ma plume ne me trahisse et que ces mots soient aussi obscurs et difficiles à saisir que ce qui s'est abattu sur moi.

Et pourtant j'ai l'intuition que, mieux qu'aucun autre, pour avoir vécu toi-même semblable désamour, tu pourras les comprendre.

Tout a commencé au crépuscule d'un jour glacial. Les commis étaient rentrés chez eux, et la porte du comptoir était fermée à triple tour. Ángelo était parti à Pérouse, la maison était déserte. Après la mort de ta mère, je me trouvais de plus en plus seul dans cette demeure trop vaste.

Pourquoi ai-je voulu, ce soir-là, aller inspecter, seul, le magasin et les stocks ? Par habitude sans doute. Mais il était rare que je le fasse sans les commis, dont l'aide m'était nécessaire pour soulever les rouleaux d'étoffes, dégager quelque ballot obstruant un passage dans les réserves pleines à craquer, ou grimper aux échelles pour descendre un paquet de coupons.

Vers huit heures, je tournai la clé dans la serrure de bronze, et pénétrai dans la pièce principale du magasin. Tout était impeccablement rangé. La torche que j'avais emportée n'était pas de trop. Le jour baissait, il me fallait voir, tout voir, me délecter, comme de coutume de l'explosion des coloris des brocards, attraper le drap pour y respirer l'arôme des lavandières, m'étonner moi-même de l'abondance de tissus de la boutique, des rubans, des glands, des cartisanes, de leur rareté, de leur inestimable valeur.

On ne pouvait entrer dans cette pièce sans être pris par le langage d'odeurs qui célébraient le luxe, le neuf, la qualité. Je n'y venais jamais sans m'en émerveiller, aucune accoutumance, jusqu'ici, n'avait gâté ma satisfaction profonde d'avoir amassé tout cela, d'être l'incontournable pourvoyeur de tout ce qui se peut acheter de beau, de brillant, d'inusable dans la cité d'Assise.

Or ce soir-là, je ne sentis rien en passant le seuil de la porte. Je m'en effrayai. Avais-je perdu l'odorat ? Je m'approchai des rouleaux de drap. Rien. Aucun parfum. Je fourrai à plusieurs reprises mon nez dans les étoffes. Peine perdue. Ce drap vert d'Angleterre, que je tenais pour solide comme du cuir, me paraissait soudain ne pas pouvoir résister à la moindre égratignure. Ces ballots qui faisaient ma fierté n'étaient plus que des peluches sans valeur.

Les couleurs elles-mêmes me semblèrent ternes, sans grâce, les broderies insignifiantes et grossières. Je tournai longuement sous les plafonds aux caissons incrustés d'or. L'architecture de cette pièce, que j'avais toujours tenue pour ce que l'on fait de plus distingué dans toute l'Italie, me parut banale, et je m'étonnais d'avoir pu m'en enorgueillir. Rien ici, au reste, ne me semblait plus motif de fierté. Tout s'était affadi sans que j'aie pu remarquer le moindre signe annonciateur. C'était un cauchemar. Pourtant, j'étais bien éveillé. J'écarquillai les yeux : plus rien de beau, plus rien de noble dans ce fatras. Ma vie réduite en poudre.

Je repris le trousseau de clés pour ouvrir le coffre où, au moins, je pourrais plonger mes mains dans quelque mare d'or et d'argent, brasser un peu de ma fortune pour me consoler de la médiocrité de cet environnement. Les bourses étaient là, par-dessus des florins en vrac. Ce spectacle qui, jusqu'alors avait invariablement produit en moi une légère brûlure au cœur et un creux délicieux aux entrailles, me laissa de glace. Je tentai de faire tinter quelques pièces d'or, mais le son n'était pas plus attrayant que l'eût été le frottement des cailloux du caniveau.

Je refermai le coffre et par réflexe je passai la main sur mes manches, sûr de pouvoir me délecter comme de coutume du moelleux délicat du velours. Mais rien! J'aurai pu caresser de la bure, l'effet eût été le même.

Je n'en revenais pas. Toute ma vie – je ne m'en suis ouvert à personne jusqu'ici – j'ai adulé les étoffes pour elles-mêmes, bien davantage que pour ce qu'elles me rapportaient. Tourner autour, les pétrir longuement me mettait dans un état d'excitation extraordinaire que personne ne pouvait percevoir, mais qui produisait une sensation brûlante. Tous les jours, et parfois en cachette, je les palpais pendant de longues minutes, enfouissais mon visage dans leur douce épaisseur, ému au plus profond de ma chair par leur soyeux, leur souplesse, leur résistance ou leur sensuelle élasticité. Les femmes elles-mêmes me troublaient bien moins que les tissus dont elles se drapaient.

Mais je n'avais devant moi ce soir-là que des bouts de chiffon.

Le sang s'était retiré de mes veines. Malgré la froidure de l'endroit, de grosses gouttes de sueur coulaient sur mon habit. J'avais la gorge sèche, râpeuse comme l'émeri, en proie à une soif intense. J'avais soif, oui, mais des dizaines de cruches d'eau ne m'auraient pas désaltéré. Il me fallait autre chose, mais je ne savais pas quoi.

La pièce était devenue brumeuse, comme vide ; la fumée de mon flambeau avait rendu l'air opaque. Je ne voyais plus que des ombres, des taches de teintes bistres, verdâtres et vaguement rouges, tout se mélangeait. Bientôt il n'y eut même plus de couleurs et tout devint gris.

Gris comme la mort.

La torche s'éteignait progressivement sans que je pense à aller en chercher une autre. J'avais perdu toute sensation. Ce qui, naguère, me ravissait et me rassurait ne me procurait plus aucun plaisir ; pire, je le méprisais. Je n'étais plus rien du fier marchand de la veille, tout était neutre, sans saveur et sans grâce. Je me déprenais de moi-même. J'étais immensément las, désespéré : si tout cela ne m'était plus rien, que me restait-il ? Qui me dirait où, désormais, je pouvais me diriger ?

Je jetai mon manteau sur le marbre du sol. Il était devenu trop lourd, trop encombrant. Je m'assis sur un ballot de drap, et m'enfonçai dans la nuit, la tête dans les mains, tandis que la flamme de la torche mourait doucement.

Ce fut une nuit horrible, Francesco. Je descendis aux tréfonds de la terre, sans rien comprendre de ce qui m'arrivait. J'étais secoué de sanglots, je tremblais. J'étais nu, dévasté, je pensais n'être plus un homme, et peut-être ne l'avoir jamais été, duperie pour mes gens, ruine pour ma descendance, marchand de vergogne, vendeur de vacuité, semeur de poudre aux yeux, dépourvu de talent, imposteur, nullité, sans charisme et sans fond.

Demain, j'allais continuer sans doute à me vêtir d'habits cousus de fil d'or et la maisonnée n'allait pas cesser de mener grand train, mais, malgré les apparences, je n'avais rien, plus rien. Je n'avais même plus peur des rôdeurs et des brigands, puisque rien n'était à prendre. Vide, sans dessein, sans désir et sans force, légume, incapable de dormir, redoutant toute pensée, sourd et aveugle.

Je me voyais déjà, au matin, incapable de donner un ordre ou de fixer le prix d'une draperie, ne percevant même plus l'écarlate et le vert des étoffes, ne supportant plus les cris d'enfants au travers des persiennes, et encore moins le son des guitares et des flûtes. J'étais bien en peine de m'enorgueillir de quoi que ce soit, déroulant malgré moi les idées fixes et les bilans et n'y trouvant que pertes sans profit, vacuité, vanité.

Avant cela, je m'imaginais exister. J'étais un imbécile de l'avoir cru. Je n'existais plus, Francesco.

Il me souvient du silence et du rien de cette nuit-là. Non du vide de l'homme qui par choix, comme tu le fis, se dépouille devant le monde pour rejoindre son Seigneur ; mais du malheur de celui qui, possédé par le néant, subit sa chute sans en déchiffrer les raisons. J'étais en un lieu mystérieux, non point tunnel au bout de quoi finir par sortir, mais grotte obscure, impasse, sans promesse de lueur, sans même la présence de ce Dieu consolateur que j'appelais en vain : ce « tu es là » qui donne sens à l'absurde.

J'étais vide, Francesco. Un souffle acide allait et venait à l'intérieur de moi, se heurtant aux parois de mon hébétude. Je ne faisais plus qu'inspirer et expirer mon néant.

Je regardai ma vie : j'étais collé à moi comme le lierre à la pierre. Emprisonné. Empêtré. Bâillonné.

J'aurais voulu sortir de cette pièce, mais mes membres ne répondaient plus. Mon corps de vieillard était devenu insignifiant et indigne, flétri par les expédients, les contorsions dégradantes, épuisé par les ripailles et les beuveries. Alternativement happé vers le ciel en son absence et précipité à terre dans la fange familière, j'étais un homme écartelé, jamais tranquille. Qui me délivrerait de moi ? Qui me rendrait un regard clair ?

Déchire-minuit. Dévastation.

Assise était morte, ses ruelles, désertées.

À l'aube je parvins enfin à m'arracher de cette pièce. Je ramassai mon manteau qui avait traîné dans la poussière du comptoir et le passai sans le secouer. J'avais besoin d'être revêtu de balayure.

Je poussai la porte et sortis sans même la refermer. Mon cœur, saccagé, était prêt à lâcher. Je dus m'adosser à un mur et me calmer. Après la nuit, une odeur de pisse montait des pavés. Par deux fois, je me mis à vomir. Un corbeau venu de nulle part griffa mon visage. Trois chiens errants vinrent me renifler, museaux chargés de sable, mâchoires baveuses. Je les repoussai d'un coup de botte. Maudite nuit ! Des heures bêtes à pleurer. Plus rien de ce qui fait avancer un homme. Je grelottais de panique.

Ne plus savoir à quel saint se vouer, quelle pensée agripper pour enfin ne plus penser, quel lieu gagner où rien ne rôde – fuir, oh ! fuir mes obsessions, mes courroux, mes terreurs…

C'étaient des heures de pierre où rien ne bouge. C'étaient des heures d'attente et de peur, quand le navire fait eau de toutes parts. C'étaient des heures-impasse, sans même l'espoir d'un rai de lumière.

Lorsque le soleil apparut et que les rues se remplirent, je remontai chez moi, et m'enfermai dans la bibliothèque, volets fermés.

J'étais devenu muet.

Mes lèvres étaient cousues, mes mains ne traçaient plus que les courbes tremblantes d'élans insensés, brisés aux portes du dégoût.

Si au moins ta mère avait été là, Francesco, tandis que je me murais en moi-même ! Si au moins elle avait été de l'autre côté de la porte, attendant, confiante, que je sorte de ma claustration, et qu'à nouveau je sois présent aux miens.

Mais elle était morte, et j'étais seul au monde.

Approchez, bonnes gens et ne perdez rien du spectacle : Pietro di Bernardone, le drapier d'Assise, connu comme le loup blanc sur tous les marchés de Champagne, des Flandres et de Toscane, Bernardone le maître des comptoirs qui jamais n'admit que le moindre de ses ordres fût contrecarré, qui jamais ne supporta l'incertitude, le désordre et la misère, et oncques n'admit devoir quoi que ce fût à personne, Messire Pietro s'est soudain mis à errer, à douter et à l'avouer.

Erré. J'ai erré comme un spectre dans ma demeure, tourné en rond dans les pièces aux cheminées immenses et inutiles, aux murs tendus de tapisseries et d'étoffes aux couleurs passées. Je n'ai plus rien reconnu des émaux et des parchemins précieux rapportés de mes voyages, je n'ai plus rien trouvé chez moi qui attirât le regard.

J'ai erré sans parvenir à savoir ce que je cherchais, qui je cherchais, où je le cherchais. Et cependant, une intuition diffuse naissait en moi qui, quoique je m'en défende, m'indiquait ta route.

Au cours des jours qui suivent, je m'efforce de reprendre le dessus, et, mon orgueil revenu, je m'applique à nouveau à ce que mes gens ne remarquent rien de mon égarement. Je me force à soigner ma mise, fais mine d'être encore tout entier à mon commerce, me montre autoritaire comme à mon habitude, cassant même, inflexible sur les prix et grand seigneur tout à la fois, toujours au centre de la ruche.

Parfois cependant, je me défie de moi-même, tentant de vérifier en douce que l'orage est bien passé, que mes sens ont refait surface. Sans trop comprendre quelle mouche me pique alors, les commis me voient passer longuement la main sur les pièces de soie, humer furtivement un drap des Flandres, garder plus que de raison dans mes mains crispées le produit étincelant d'une vente. Il me faut me rassurer : assurément, les sensations sont peu à peu revenues. Mais à l'évidence, quelque chose est brisé. Je vois bien que rien n'est plus comme avant. Même mes colères légendaires manquent à l'appel, et ce n'est que mollement que, de jour en jour, je tance le cuisinier pour la fadeur de ses poulardes et le tonnelier pour ses vins insipides. Les dommages faits à mon âme, Francesco, sont irréparables. Je ne dors plus, mais sans cesse, je rêve éveillé et dans ma tête éclatée défilent les hallucinations.

Tu es là, mais c'est un songe. Tu es là, tapi dans un coin de la pièce, silencieux, et pourtant ta présence m'est vacarme. Je ne puis dormir.

Je ne sais pourquoi tu es venu cette nuit.

Pour me veiller ? Je ne suis pas mort.

Pour me tourmenter ? Ton absence y suffit.

Pour me condamner ? Il y a longtemps que je me suis chargé moi-même de cette basse besogne.

Pour faire la paix ? La bourse d'or et tes vêtements jetés à terre à mes pieds ont rayé ce mot de mon vocabulaire.

La paix n'existe pas. La paix n'existe plus.

Elle est tombée comme une masse, avec un bruit d'enfer, tout au fond de la faille, au plus profond de l'abîme qui s'est creusé entre nous.

Ni toi ni moi ne pourrons plus enjamber cette béante crevasse.

Ah, si tu osais !

Si soudain tu consentais à voir en moi autre chose qu'un obstacle sur ta route !

Mais non. Les cafards courent sur les dalles de la pièce où je veille. La peste rôde en ma maison.

Je ne suis plus qu'un lépreux à tes yeux, et, en définitive, le seul de ces damnés dont tu refuses de t'approcher à moins d'une coudée.

Sortir d'ici !

Était-ce toi ? Était-ce une puissance divine ou un élan diabolique, était-ce le réveil du fou tapi en moi ? Qui m'a arraché à moi-même après ma dégringolade, qui m'a délogé et mené là où j'avais bien juré ne jamais me rendre ?

Plusieurs nuits blanches avaient suivi celle de la grande désillusion. Il devait être près de minuit. Je me suis évadé.

Je sortis de chez-moi à toute allure, sans réfléchir, catapulté par je ne sais quelle énergie subite, quelle pulsion irrésistible, ne sachant pas au-devant de quoi je me dirigeais mais déterminé à l'atteindre.

Je dévalai la volée de marches de l'escalier central et fonçai vers la porte en espérant ne rencontrer personne. Ángelo cependant, qui ne dormait pas et qui prenait toujours un malin plaisir à me surprendre au mauvais moment, surgit de l'ombre à cet instant précis, et m'interpella de son ton doucereux, habituel et exaspérant.

— Où vous précipitez-vous à une heure pareille, Père ? Pourquoi sortez-vous seul ?

— Mêle-toi de ce qui te regarde, Ángelo.

— Vous savez bien à quel point la rue est dangereuse à cette heure ! Il fait déjà nuit noire : vous ne pouvez pas sortir sans un minimum d'escorte !

— Bon sang, Ángelo, je le répète : mêle-toi de ce qui te regarde.

— Pardonnez-moi d'insister, Père, et laissez-moi au moins vous accompagner. Ou appeler Fausto ou Gabriele, qui sont robustes et sauront vous protéger.

— Où je vais, je n'ai besoin de personne pour me tenir la chandelle. Tu es assez grand pour comprendre cela, non ?

Ángelo rougit, me lança un regard réprobateur, puis se retira sans un mot. Après tout, qu'il pense que, pris d'une impérieuse fringale de chair fraîche, je me précipitais au lupanar, ne me gênait guère. J'étais homme, j'étais veuf, je faisais ce que je voulais.

Mais c'était une autre arrière-cour qui m'attirait, d'autres créatures que je voulais aller voir.

Il existe à Assise près de San Rufino – tu le sais bien mieux que moi – un espace terrifiant que jusqu'ici je n'avais fait qu'entrevoir, détournant les yeux, me bouchant le nez et pressant le pas chaque fois que j'étais obligé de passer à proximité.

C'est une sorte de cour, à laquelle on accède par un porche étroit en enjambant des corps de mendiants presque tous ivres morts. À l'intérieur, autour de braseros improvisés, des dizaines de vagabonds errent sans but, comme des mouches, laissant apparaître, à la lueur vacillante des flammes, leur visage difforme, leur bouche édentée, leurs rictus, leurs orbites blanches ou crevées.

Faisant fi de la plus élémentaire des prudences, je pénétrai, seul, dans cette cour de violence et de douleur, plongeant dans une foule d'estropiés, de bossus, aux chairs difformes et pestilentielles : la lie de l'humanité !

Je fus immédiatement encerclé par des dizaines de créatures qui ricanaient, sautillaient dans tous les sens, et m'agonisaient de leurs sarcasmes. Terrifié par ce bourdonnement tournoyant, je restai cloué sur place. Des odeurs insoutenables me saisirent à la gorge : relents de crasse et de pourriture, remontées de vomissements, remugles de vinasse, tout ce que j'exècre dans la populace. On trébuchait sur des pavés incrustés d'excréments, le vacarme était envahissant : rots, borborygmes, éclats de voix, rixes, cris stridents comme ceux d'oiseaux fous, râle de moribonds.

Cagoux et malingreux aux ongles noirs, capons couverts de vermine, borgnes vagabonds aux corps mutilés et aux moignons pourris, ne tenant debout que sur des semblants de béquilles, ils m'entouraient, à la fois goguenards et menaçants. Il n'y avait pas de lépreux – ils étaient parqués ailleurs comme tu le sais si bien – mais c'était tout comme. Il n'y avait là que la frange la plus répugnante de la province.

Pendant quelques minutes, je balançai entre l'envie irrésistible de prendre mes jambes à mon cou (mais m'aurait-on laissé partir ?) et l'inexplicable tentation de rester. Cette dernière option prit le dessus et, mû par je ne sais quelle force obscure – et malsaine –, j'eus un besoin irrépressible de surmonter ma répugnance : adresser la parole à l'un d'entre eux, en toucher un autre, me fondre dans leur propre gouffre.

Je savais bien que ces traîne-misère, lorsqu'ils m'avaient vu pénétrer dans la cour et m'avaient assailli, flairant l'aubaine d'une large aumône, ne voulaient pas manquer l'occasion inespérée de trucider un bourgeois de la ville. J'avais eu beau tenter de me vêtir sans luxe, on comprenait bien qui j'étais et on n'allait pas se priver du plaisir de me faire regretter mon intrusion.

Pourtant – cela dépasse la compréhension – ce n'est pas cela qui se produisit. Au premier geste que je fis pour toucher la main de l'un d'entre eux, quelque chose se libéra en moi, toute appréhension me quitta, et, tandis que la peur aurait dû continuer de me tétaniser, l'hostilité s'estompa peu à peu pour laisser place à l'effarement mutuel.

Je crois que j'étais venu là comme on va à l'abattoir, comme si je voulais en finir avec l'existence, préférant offrir mon corps à la vindicte que l'aller pendre moi-même à une corde grossière derrière mes comptoirs.

Mais soudain je retrouvai quelque chose du goût de vivre : j'avais bravé l'impossible ! L'agressivité de ces gueux n'avait pas tenu face à mon imprévisible comportement, les sarcasmes avaient cessé, et nos corps commencèrent à se rapprocher et à se frôler.

Nous entrâmes alors, à la lumière incertaine des braseros, dans un étrange ballet nocturne, que j'eusse qualifié de macabre quelques heures plus tôt, mais que je vécus comme un moment d'intense connivence, signe d'une victoire inespérée sur la peur et le dégoût.

Nos regards se croisèrent, alternativement fuyants puis insistants, pénétrants, indiscrets, troublants même: contre toute attente, j'avais l'impression de très bien les connaître.

Nous parvînmes à échanger quelques mots, quelques rires, malgré leur patois, malgré ma gaucherie : ils étaient eux, j'étais moi, nous étions de la même ville, de la même race. Jusqu'ici, je les avais tantôt ignorés, tantôt fait bastonner, j'avais été en guerre ouverte contre eux tous, mais cette nuit j'avais enfin baissé les armes.

J'avais osé.

J'avais osé ce que tu avais osé, toi, jadis, bravant la répugnance et le sens commun.

Je restai longtemps dans cette cour des miracles, comme ivre, incrédule mais transformé, ému par l'humanité de ce peuple de l'ombre auquel, malgré moi, j'appartenais. L'amertume s'était transformée en douceur: les esquintés, les ravagés, les éboulés, les délabrés, les déplacés, je les avais touchés, oui, touchés, et ils m'avaient touché. Nous nous étions parlés, enfin, ils ne m'avaient pas agressé, j'étais sorti de ma prison.

En passant le porche pour regagner la maison, je fus pris d'une folle allégresse. J'étais ivre de liberté, parvenu en quelques heures en un pays nouveau où n'avoir plus peur, où n'avoir plus rien à défendre ni préserver, ni rang, ni honneur, ni fortune.

Je levai les yeux: moi qui jusqu'ici n'accordais pas le moindre intérêt à la création, je remarquai l'éclat particulier des étoiles dans le ciel. Ne craignant plus rien de personne, ni des brigands ni des assassins de la nuit, je restai un moment adossé à la façade d'une riche demeure à quelques rues de chez moi, comme si je répugnais à y retourner. Un soupçon effarant me gagna: peut-être avais-je, dans cet antre immonde, mis la main dans les plaies du Christ lui-même. Les pensées se bousculèrent en moi, et je compris.

J'admis enfin ce que j'avais toujours refusé d'admettre: tu étais heureux.

Tous me l'avaient pourtant dit. Tous les témoins de ta vie, dont les échos m'étaient parvenus, tous mes espions, tous ces faux frères à ma solde convergeaient sur ce point. Maladif, tu l'étais; n'étais-tu pas déjà fort fragile du temps de ton enfance, ne t'avions-nous pas entouré de soins tous spéciaux pour protéger ta santé? Frappé à présent de pneumonies, de malaria, d'une cécité croissante, il y a longtemps que tu aurais dû sombrer dans le désespoir. Au contraire, tous te décrivent joyeux, enjoué, affectueux, accueillant, montrant une bonne humeur communicative, ne cessant de fredonner, heureux.

J'avais toujours pris cela pour des bobards. Mais tout d'un coup, je comprenais : bien avant moi, tu avais dépassé la peur, rien ne pouvait plus t'atteindre. Tu étais libre, donc heureux.

Heureux.

Désormais, je n'eus de cesse que de te revoir dans cet état, de constater par moi-même cette apparente euphorie et de me laisser mener vers celui qui l'avait fait naître en toi. Je redoutais la rencontre de deux hommes brisés ; je comprenais brusquement que l'un d'entre eux au moins ne l'était pas – ne l'avait jamais été – et que moi-même, peut-être, je cesserais un jour de l'être.

Je méditais ainsi dans la ruelle, plongé vers quatre heures du matin dans une sorte d'hébétude délicieuse lorsque je fus brusquement saisi par trois miliciens armés jusqu'aux dents qui me traînèrent à la maison sans ménagements. Je ne comprenais rien.

Des torches éclairaient plusieurs pièces de mon domicile et du magasin, tandis que tout aurait dû, à cette heure-là, être plongé dans le noir.

Ángelo m'attendait sur le seuil, furieux. Je compris instantanément que c'était lui qui avait dépêché ces soudards. En me voyant, perdant toute forme de respect à mon égard, il se mit à hurler :

— Êtes-vous devenu fou, père ? Le magasin vient d'être pillé de fond en comble. Plus un rouleau de drap, plus un brocard. C'est un miracle qu'aucun de nos gens n'ait été tué. Quatre d'entre eux ont été blessés en tentant de s'interposer dès qu'ils ont entendu du bruit. Les coffres ont été forcés, c'est la fin de la maison Bernardone !

— C'est toi qui as perdu la raison, Ángelo. Pour qui te prends-tu ? Tu me traites comme la racaille, à présent, tu me fais saisir dans la rue par tes sbires comme un vulgaire vagabond !

— Aucun moyen de faire autrement quand vous vous condamnez vous-même à la ruine et au ridicule !

Avec une brutalité qui aurait dû lui valoir de ma part une avalanche de coups, il me tira par le bras dans la boutique. Je me cabrai :

— Change tout de suite d'attitude, Ángelo. C'est moi qui vais te faire interner. As-tu oublié que je suis ton père ? As-tu envie de voir ton héritage te passer sous le nez ?

— Héritage ? Vous parlez encore d'héritage ? Vous me faites rire ! Il est parti en fumée votre héritage ! Voyez : plus rien sur cette étagère, plus rien sur cette autre. Les réserves de soie et de lin sont envolées. Nous avons perdu au moins la moitié de nos stocks. Qu'allons-nous devenir ?

Tes frères et sœurs observaient de loin, Francesco, terrorisés tant par ce qui venait de se passer que par la fureur d'Ángelo.

— Ah vous pouvez être fier de vous, père ! Voyez ce qu'a provoqué votre stupide escapade !

— Provoqué ? En quoi suis-je responsable de ce sac ?

L'un des miliciens s'immisça dans notre querelle :

— Nous avons réussi à arrêter un de ces pillards, Messire Bernardone, et sous les coups il a craché le morceau.

— Craché quoi ? En quoi cela me concerne-t-il ?

— Il a avoué qu'il vous avait vu pénétrer puis rester longuement dans la cour de San Rufino, et que, tandis que vous pactisiez avec ce ramassis de mendiants, il est venu ici avec plusieurs compères pour profiter de votre absence. Il s'imaginait que la maison serait plus facile à dévaliser. Il nous a dit qu'il pensait que vous étiez devenu fou et que peut-être même vous aviez oublié de fermer votre porte.

— J'aurai bien préféré vous savoir au bordel que dans ce repaire de brigands ! intervint Ángelo.

— Encore une fois, Ángelo, tu te mêles de ce qui ne te regarde pas. Ferme les issues, à présent, remonte dans tes appartements, et nous verrons demain comment réparer tout cela.

— Réparer ? Nous sommes ruinés.

— Tu sais bien que non, Ángelo. L'Ombrie regorge de propriétés à mon nom et de coffres secrets où j'ai entreposé mon or. Qu'as-tu fait de ce voleur ?

— Ce que j'en ai fait ? Il est enfermé en bas, bien sûr, dans ce cachot où jadis vous avez enfermé Francesco. Les hommes du Podestat s'en occuperont demain.

— Libère-le.

— Le libérer ? Jamais. Vous avez perdu tout sens commun !

— Libère-le, Ángelo, fais ouvrir ce cachot, ou c'est moi qui t'y jette.

Je devais avoir gardé un peu d'ascendant sur ton frère, Francesco, car il finit par m'obéir, sortit, hors de lui, en claquant la porte avec une violence inouie, et me laissa seul au milieu des tables renversées et des débris du brigandage.

Le jour allait bientôt se lever. Je contemplai ce spectacle qui me laissait de marbre. Quelques jours avant, mon cœur eût lâché ; j'aurais tourné dans cette pièce comme un tigre en cage, j'aurais été…

Mais je m'en moquais. C'était un banal accident. Ángelo avait cru bien faire. Je ne le déshériterais pas. Au contraire, je lui abandonnerais au plus vite sa part d'héritage. Il tirerait facilement la maison Bernardone de ce mauvais pas. Quant au reste de ma fortune, après avoir laissé ce qu'il faut pour la dot de tes sœurs, je m'en déferais aussi sans doute, Dieu me dirait bien comment.

Tu avais gagné, Francesco. Je n'étais plus le même. Ángelo avait raison, j'étais fou. Complètement fou. *Pazzo*, moi aussi.

Devenu détraqué au point de tenir, moi, Pietro di Bernardone, l'argent pour peu de choses !

Il fallait que je te revoie enfin, et vite, que tu m'expliques. J'avais levé un pan du voile ; il me fallait en savoir davantage, bien davantage.

Or pour parvenir à te revoir face à face, il me fallait viser plus haut que je ne l'avais fait jusqu'ici dans mes multiples tentatives. J'avais épuisé toutes les ressources des petits espions de village, des déguisements minables auxquels moi-même j'avais consenti. Tout cela m'avait permis de te suivre de loin, de très loin, mais rien ne me rapprochait d'une rencontre, rien qui puisse mener vers un semblant – voici enfin le mot – de réconciliation. Il me fallait un allié véritable.

Ce fut *une* alliée, et quelle alliée !

Lorsque l'un de mes indicateurs m'avait parlé de l'inclination qui vous liait, une riche aristocrate romaine et toi, j'avais d'abord cru à une blague. Quoi ? Cette position, cette fortune que tu récusais en moi, tu y aurais consenti ailleurs ? Toi qui refusais la puissance, tu te serais mis à frayer avec une maison de la noblesse de Rome !

Mais j'étais naïf, j'avais oublié que, sous tes airs de pénitent transi – aïe ! l'ironie revient, la colère reprend le dessus –, tu ne rechignais pas à te rapprocher des gens de la haute société lorsque cela pouvait servir les intérêts de ton Ordre. N'avais-tu pas fait la conquête habile du comte Orlando di Cattani qui te céda une montagne entière à la Verna pour faire tes dévotions en paix ? Une montagne ! Et à présent une héritière !

Mais surtout : toi, le puceau terrifié par la seule vue d'une femme, tu t'approchais sans crainte d'une baronne qui, bien que veuve, n'avait pas encore trente ans et resplendissait de charme et de beauté !

Je me renseignai sur le personnage : Giacomina, qui avait épousé encore toute jouvencelle le baron Graziano de Settesoli, vivait sur le mont Palatin en un palais luxueux où, à plusieurs reprises, me dit-on, tu ne dédaignas pas de te rendre. Il y planait encore un relent de sauvagerie dont je m'étonne qu'il ne t'ai pas rebuté d'emblée. Un léopard y rôdait jadis, qui égorgea une domestique, sans que le maître de maison s'en offusquât, tant la vie d'une soubrette compte peu face au raffinement d'une ménagerie en plein cœur de la cité romaine !

Comment Giacomina et toi vous êtes-vous rencontrés là-bas, je ne le sais. Était-ce lors de la folle entreprise de ta rencontre avec le souverain pontife ? Comment cette baronne a-t-elle pu alors s'amouracher d'un pouilleux, que lui as-tu prêché pour l'amadouer ? Toujours est-il que ce fut, paraît-il, le début d'une longue complicité – on m'a soutenu que celle-ci se déroulait en tout bien tout honneur, mais comment savoir et de toute façon j'espère bien que non –, d'un attrait mutuel tellement contre nature que tu as fini, m'a-t-on dit, par l'appeler *Frère* Giacomina… Où va se nicher la peur des femmes !

Frère Giacomina !

Je décidai de la rencontrer. Entre gens de bien et de fortune, on devait pouvoir s'entendre. Elle pourrait m'en dire sur toi bien davantage que je ne savais.

J'entrepris le voyage vers la cité papale avec deux de mes serviteurs et une malle d'habits précieux dont je comptais bien me vêtir pour lui faire la meilleure impression et la convaincre de ma bonne volonté.

Entre-temps, Ángelo s'était calmé, fort heureusement, et je n'avais eu aucun mal à lui laisser la boutique pendant mon absence.

Nous n'avions pu, bien sûr, reconstituer les réserves de drap, mais il me restait encore de l'argent à foison réparti dans toute la province, et j'avais résolu de l'envoyer dorénavant courir seul les foires de Champagne, goûter des routes de France le pavage désastreux et les fondrières assassines, affronter les embuscades, se contenter d'hostelleries puantes de graillon ou de cellules minuscules de monastères humides, négocier, marchander, truander…

À son tour de trimarder. J'étais devenu trop vieux.

Malgré son manque de nez sur l'air du temps, malgré son absence crasse de sens esthétique, il saurait bien rapporter des cargaisons d'étoffes qui redonneraient vie à notre négoce. Que la réputation de celui-ci en pâtisse, je m'en moquais désormais.

Vanitas vanitatum, et omnia vanitas…

Il est certain qu'il continuait à penser que j'étais devenu gâteux – et qu'il le pense de plus en plus – mais il savait où étaient ses intérêts. Misant avec raison sur ma mort prochaine, il pouvait être rassuré : ma fortune lui reviendrait, et peut-être même la lui céderais-je avant de passer dans l'autre monde.

Je partis donc pour Rome.

Le palais de la baronne dominait la cité. Il était entouré de quelques ruines de l'Empire romain et de demeures luxueuses. Lorsque j'y parvins, les portes étaient closes.

Je restai longtemps bouche bée devant l'édifice, t'imaginant avec grand-peine y avoir pénétré. La façade, avec son portique et une demi-douzaine de colonnes, était imposante, très ancienne apparemment. Me voyant pétrifié devant une telle splendeur, un passant s'arrêta :

— Impressionnant, Messire, vous ne trouvez pas ?

J'ignorai cet importun à qui je n'avais rien demandé, mais il se lança dans un commentaire interminable, m'expliquant que ce palais avait été construit dans la nuit des temps par un empereur romain, et qu'il était resté en parfait état. Et de me vanter ses hémicycles, ses frises, son marbre... Même le grand Ovide, ajouta-t-il, en avait parlé : *Regia solis erat sublimibus alta columnis...*

Je me demandais de quoi il se mêlait. Je l'écartai avec rudesse et je me mis à tambouriner contre le portail de bronze... Au bout de plusieurs minutes, il s'ouvrit lourdement et un majordome pâle comme un linge apparut qui, me voyant, s'apprêta à me claquer la porte au nez. Si je ne m'étais interposé dans le chambranle, je n'aurais plus eu qu'à rebrousser chemin, mais je finis par me faire entendre :

— Je veux voir la baronne Giacomina de Settesoli. Dites-lui que Pietro di Bernardone dei Moriconi est là, qui l'attend.

— Il n'y a plus de Settesoli dans ce palais, Messire. Il a été vendu, et le nouveau maître des lieux me fait défense d'y introduire quiconque. Toute la maison s'est dispersée au départ de Dona Giacomina.

— Quel départ ? Où est-elle ? Je veux la voir ! Absolument.

— Elle est allée se fixer en Ombrie, Messire, le diable sait pourquoi.

Je ne parvins pas à savoir où elle s'était retirée, ni pourquoi. Mais je flairais l'explication. Assurément, elle avait voulu se rapprocher de son cher petit pauvre. Peut-être avait-elle rejoint quelque monastère d'où elle pouvait te rencontrer aussi souvent qu'elle le souhaitait, Francesco.

Je revins à Assise, et mandai mes gens pour courir les monastères environnants et tenter de la retrouver, ce à quoi ils ne parvinrent qu'au bout de plusieurs semaines.

Je repris alors la route, et me rendis au couvent que l'on m'avait indiqué. C'était une bâtisse miteuse, qui tranchait avec le luxe des monastères environnants. Une sœur portière, laide comme un crapaud, m'introduisit dans un parloir obscur et glacé. Mais c'est moins de froid que je grelottais que d'appréhension. J'attendis d'interminables minutes en fixant sans la voir une *Pietà* accrochée de travers sur le mur qui me faisait face.

Soudain, Giacomina apparut. Maigre, évidemment affaiblie par le régime conventuel, elle était restée fort belle sous le voile. Elle me salua avec une extrême courtoisie et nous nous assîmes sur le rebord de nos tabourets comme deux écoliers.

Je commençai par quelques banalités, évoquant pêle-mêle les splendeurs de son palais abandonné, la mémoire de son défunt mari le baron, les embarras de Rome, le calme de l'Ombrie, la surprise de la trouver en si modeste couvent... De temps à autre, je faisais silence en espérant quelque autre réaction de sa part que ce regard énigmatique. Plus je parlais, plus je me sentais ridicule, pataud, jugé. Soudain, elle prit la parole.

— Je suis heureuse de vous voir, Messire Pietro. Je ne m'y attendais pas. Francesco m'a souvent parlé de vous...

Je sursautai. Ainsi, c'est tout ce qu'elle avait à dire ! J'appréciai peu la plaisanterie.

— De moi, Dona Giacomina ? Comment pourrais-je le croire ? Je croyais qu'il m'avait rayé du monde et de sa mémoire ! Si c'est vrai, j'imagine les horreurs qu'il vous a débitées sur mon compte.

— Détrompez-vous Seigneur Bernardone, le *poverello* vous tient en plus haute estime que vous ne le pensez.

— Alors pourquoi m'a-t-il traité ainsi ? explosai-je.

La suite de notre conversation – nous sommes restés face à face pendant deux bonnes heures –, je te l'épargne, Francesco. Pour la bonne raison que je n'y comprenais rien. Giacomina s'était perdue dans des explications tortueuses, avançant tour à tour que j'étais un obstacle à ta piété, un fardeau involontaire, dont il t'avait fallu te décharger, que j'étais un homme honnête mais aveugle, une épine dans ta chair, que sais-je ?...

Je ne pouvais m'empêcher de chercher à imaginer le temps que vous aviez passé ensemble à échanger ces inepties, les heures d'intimes entretiens en son palais romain, parmi les chandeliers et les aiguières d'argent, à moins que ce ne soit dans la pénombre de tes ermitages ou face au spectacle romantique du soleil couchant, entre les noisetiers des chemins de la Verna...

Ah, on peut dire qu'elle a fait exception, Giacomina, à ta terreur des femmes ! Ne m'a-t-on pas dit par la suite qu'elle te mitonnait des gâteaux aux amandes dont tu raffolais – tu n'avais donc pas tant perdu l'appétit que cela –, et Dieu sait de quelles autres attentions elle te gratifiait !

Mais je cesse de railler, car finalement c'est bien grâce à elle que nous allons nous retrouver l'un face à l'autre, Francesco.

C'était naturellement la seule raison pour laquelle j'avais voulu la rencontrer. Je mis longtemps avant de lui de soumettre mon idée. Elle mit longtemps avant de me répondre.

— Je ferai mon possible, Messire Bernardone, je prie le Seigneur qu'il agrée ce projet que je ne saurais réprouver. Ayez confiance. J'en parlerai à Francesco.

Une pluie glacée tombe doucement sur Assise. Je suis revenu à demi malade de ce monastère humide. J'ai mandé nos serviteurs pour qu'ils garnissent de bois les cheminées de la grande salle. Couvert de lourdes chemises et de vestes de velours, je me suis réchauffé peu à peu, ne parvenant pas à chasser de ma pensée le poids de tes loques trempées, la froidure de la grotte et de tes failles…

Puis, j'ai exhumé la lettre.

Je ne t'en ai jamais parlé jusqu'ici. Pica l'avait confiée à l'un de nos gens pour qu'il me la remît au lendemain de ses obsèques. Cela m'avait beaucoup surpris.

Buté comme je l'étais encore, je l'avais décachetée par curiosité, mais seulement parcourue, en interrompant la lecture à la moitié: ces mots m'étaient alors insupportables, et j'aurais préféré qu'elle m'épargne cette épreuve; j'étais assez désespéré comme cela. Il s'en est fallu de peu alors que je ne la détruise. Par respect pour elle, je m'étais contenté de jeter la missive dans un coffre, où une subite intuition vient de me l'y faire chercher.

Je t'en livre le contenu, que je n'ai compris que si tardivement, et qui me rejoint enfin, Francesco, qui nous rejoint tous deux là, maintenant, exactement maintenant.

Pietro, ô Pietro,

Mille fois j'ai tenté de vous parler, mille fois, face à votre mine butée et toujours vengeresse, j'ai renoncé, persuadée que vous ne m'écouteriez pas si je m'aventurais à évoquer ce fils dont vous ne prononcez plus jamais le nom en public.

Maintenant que je sens l'heure de ma mort approcher, je tente l'impossible : attirer votre attention par un message que je confie à António. Il vous la fera tenir une fois achevée ma mise en terre. Peut-être la douleur de mon départ dessillera-elle vos yeux et entrouvrira-t-elle vos oreilles. Peut-être alors entendrez-vous la prière que je porte en mon cœur depuis si longtemps, la supplication que je ne cesse de vous adresser en silence.

Au moment où je vous écris, je suis certaine que vous ne soupçonnez rien de la gravité du mal qui me ronge et dont j'ai fait défense aux médecins de vous tenir informé. Ainsi, ô mon époux et mon maître, d'ici très peu de temps, le Seigneur va reprendre ma vie avant la vôtre.

J'aurais espéré que vous suspectiez vous-même cette issue à la seule vue de ma pâleur et du dessèchement progressif de mon corps. Mais il y a bien longtemps que vous ne me regardez plus guère et que, poursuivi jour et nuit par votre rancœur, vous avez rétréci le monde à une pitoyable scène de brouille entre un père et un fils, où je n'ai pas ma place.

Ai-je vraiment été la seule à croire au destin exceptionnel de Francesco ? Ai-je été la seule à comprendre, bien avant qu'il n'ait quitté notre demeure, que son départ n'était ni un caprice ni un coup de folie, mais le terme d'un irrésistible appel, l'élan d'un cœur insatisfait, assoiffé d'amour, la manifestation d'un dessein divin qui, loin de ruiner notre maison et notre descendance, l'a anoblie au-delà de toute espérance ? Ai-je été la seule à soupçonner dès son adolescence que notre fils allait montrer la voie d'une manière de vivre enfin conforme au saint Évangile, tandis qu'avec la pompe de nos grand-messes, la largeur de nos aumônes et le secret de nos confesses, nous nous imaginons vous et moi justes et pieux, normaux en quelque sorte.

Ainsi, vous n'avez rien compris, Pietro. N'étant sensible à rien d'autre qu'à votre position dans la cité et à l'avenir de votre commerce, vous n'avez pas imaginé un instant que votre fils pouvait aspirer à autre chose que cela, vous n'avez pas cherché à comprendre ce qui, dans la pauvreté et le renoncement, pouvait le combler, vous n'avez vu dans sa vie qu'un échec, le sien, le vôtre, vous n'avez rien fait d'autre que de contempler avec une infinie tristesse un jouet qui s'enfuit au fil de l'eau, votre jouet, brisé, désormais inutile.

Malheureux êtes-vous d'avoir jusqu'au bout tenu Francesco pour votre bien, votre marchandise, malheureux vous êtes-vous rendu pour ne vous être jamais dépossédé de rien !

Du reste, est-il vraiment notre fils ? Certes, nous l'avons conçu, je l'ai porté, nous l'avons élevé avec tout notre amour, y compris le vôtre, Pietro, je ne l'oublie pas, mais bien vite il a cessé de nous appartenir. Nous pouvons continuer de l'aimer, mais non point le soumettre à l'étroitesse de nos pensées et de nos volontés.

Je puis bien vous l'avouer à présent, car je sens que vous n'avez cessé de m'en soupçonner. Oui, j'ai revu Francesco, à plusieurs reprises, lorsque vous étiez en voyage. Je me suis fait conduire en ses retraites, grâce à la complicité de Monseigneur notre Évêque. J'ai pu tout à loisir prendre la mesure de la jubilation qui l'envahit chaque fois qu'il annonce le Christ ressuscité dans les fermes et les villages, usant pour cela des talents de troubadour qui, du temps de sa jeunesse, souvenez-vous, nous avaient tant attendris : jubilation !

Je l'ai vu pauvre, certes, et malade, allant nu-pieds par les chemins de pierre, mais rayonnant.

Je l'ai vu prendre soin de ses frères avec autant d'attention et de vigilance qu'une mère et un père à la fois. Je l'ai vu à l'affût de toute souffrance et de tout mépris, n'ayant de presse que celle de soulager les cœurs et de panser les plaies. Je l'ai vu revenir épuisé des ladreries, nullement dégoûté de ces heures passées à extirper le pus et détacher les chairs mortes des lépreux, lui qui, jeune, se bouchait le nez à leur contact et éperonnait son cheval pour s'éloigner au plus vite lorsqu'il entendait au loin une crécelle. Je l'ai vu radieux d'avoir caressé de ses propres mains ce que l'humanité compte de plus répugnant, mais en quoi il ne cesse de contempler le visage du Christ.

Avec grand étonnement, je l'ai vu préoccupé de toutes les bêtes pareillement, je l'ai vu vivre en amoureux de la création, ne cessant de louer Dieu pour la lune et les étoiles, pour le feu, l'eau, le vent, vivant en si grande harmonie avec la nature qu'il paraît être revenu à cet état d'innocence première que nous rêverions tous de retrouver.

Je sais qu'il a traversé des périodes terribles, je sais que le doute l'a fort souvent tourmenté, mais chaque fois que la divine providence m'a donné d'être à ses côtés, il m'a paru enivré de bonheur, fou de Dieu, et n'ayant de cesse de partager cette folie-là autour de lui.

Ces rencontres étaient toujours très douces, Pietro, très brèves et très intenses.

Mais jamais nous n'avons parlé de vous. Je n'osais pas le faire, lui non plus je pense. Comme si, pour lui, votre explication devait être directe, sans intermédiaire, sans personne pour la troubler.

Cependant je le sais, je le sens, il vous attend. C'est cela que je voulais vous dire avant de mourir, Pietro. Vous valez mieux que cet homme que vous vous êtes construit, muré dans sa colère et ses certitudes. Souffrez d'ouvrir enfin une brèche en votre cuirasse, souvenez-vous que vous êtes un être bon et que vous fûtes un père bienveillant. Allez au-devant de lui, surmontez votre fierté. Faites cela pour vous, pour lui et pour moi qui, malgré les orages passés, n'ai cessé de vous aimer tendrement et de vous respecter bien plus que vous ne le pensiez.

Accédant enfin au bonheur de me trouver face à face avec notre Seigneur, je ne cesserai d'intercéder pour cela. Adieu. Je vous aime.

Faites-le. Allez le voir.

Comme un torrent rejoint la ravine, ces mots que j'avais traités jadis par le mépris se déversent en moi aujourd'hui avec une résonance extraordinaire, Francesco, et ils avivent plus que je ne puis dire le désir qui me taraude.

Te revoir, et vite ! J'ai si souvent rêvé de ce jour – et il vient – où nous serons ensemble, dans le silence d'une de ces forêts que tu hantes, ensemble tout simplement, côte à côte sans même nous regarder – sans que tes yeux détruits te permettent de percevoir sur mon visage les ravages du chagrin, sans que j'ose tout de suite lever mon regard vers ton corps meurtri par une vie d'obstination joyeuse, et tellement difficile à comprendre…

Ensemble, non pour effacer le passé et trouver un chimérique terrain d'entente, mais pour nous en remettre à la justice de Dieu. Car je ne puis imaginer que ce Père céleste que tu m'as préféré fasse une quelconque différence entre nous deux. Je ne puis croire que tu me récuses jusqu'au droit de m'adresser à lui – ou alors rien n'a plus de sens et le ciel n'existe pas. Je me suis souvent demandé si mon salut t'importait… Jusqu'au bout, cette énigme demeure : pourquoi m'as-tu si longtemps abandonné ?

Ce soir le ciel est lourd, les hirondelles passent et repassent en rase-mottes, l'air est humide, tout semble se préparer à éclater. D'ici peu, toi et moi allons être noyés sous des trombes d'eau.

Voici que l'heure approche, Francesco, et que grâce à Giacomina va se produire ce à quoi je ne croyais plus. De notre rencontre, sans doute ne fera-t-on jamais état. Mes émissaires et ceux de Giacomina ont pris soin d'être d'une discrétion totale, et aucun témoin ne sera présent.

À en croire la rumeur du déploiement de l'Ordre qui s'est formé à ta suite, étendant désormais ses tentacules au-delà des Alpes et des mers, on n'a pas fini d'entendre parler de toi, mon fils.

Mais moi, on m'oubliera.

Je n'aurai existé que pour te servir de faire-valoir, de père oppresseur, grippe-sou et grippe-jeunesse, image de l'avarice et de la vanité, préoccupé de mon honneur au point de te mettre moi-même aux fers, grand bourgeois égoïste et hâbleur, drapier charlatan, notable prédateur. L'injustice se prolongera ainsi au-delà des siècles. Je serai damné par les hommes sans même avoir pu présenter ma défense. Nul ne s'inquiétera de savoir si nous nous sommes revus, nul ne se souciera de trouver les traces de notre réconciliation.

Toi, tout, moi, rien.

Je ne sais de quoi je t'ai tenu le plus rigueur depuis ta désertion, Francesco. Peut-être d'avoir semé en moi le doute, de m'avoir plongé dans cette intranquillité qui, depuis, me taraude. Je croyais que l'on ne pouvait réussir sa vie qu'en fonçant, que l'on ne pouvait bâtir une lignée qu'en accumulant.

Aujourd'hui je ne suis plus que doute et perplexité. Car ta route me fascine, mon fils. Tu l'as compris, maintenant.

C'est qu'en toi, Francesco, je contemple cet autre en moi qui fait ce que je ne veux point, qui est ce que je ne suis pas, pense ce que je ne pense pas. Cet autre qui accomplit mon improbable, vient à bout de ma propre veulerie et magnifie la part cachée de moi-même.

Tu as décoché les flèches que toute ma vie j'ai retenues, mené les combats dont je n'ai pas eu le cœur.

Tu as vécu.

À ma place.

Tu auras été ma faille, Francesco. Sans toi je n'étais qu'un bloc, un rocher sourd, imprenable.

En définitive, rien n'était absurde. Il te fallait l'endurcissement de mon cœur pour que tu trouves la voie de ton salut. Que je sois imparfait pour que tu cherches la perfection. Il fallait que tu t'arraches de moi pour je que finisse par voir un rai de lumière, que tu m'assassines pour que je vienne à la vie.

Ton départ, ton absence, m'ont purifié. Peu à peu, les écailles qui m'aveuglaient sont tombées, une à une, sans bruit, sans même que je le perçoive.

Parfois même, le ciel s'est déchiré, et j'ai vu un reflet de cette lumière à quoi tu aspires.

Sans doute notre mort est-elle proche, Francesco, la tienne, la mienne. J'ai pu jusqu'au bout redire ma colère, crier mon amertume, mais me voici au seuil du dernier de mes jours ici-bas, dépouillé de tout ce que fut ma richesse, prêt au saut vertigineux. Me voici prêt à l'ultime vision, à l'ultime dénuement du trépas qui va nous réunir, toi et moi, quel qu'ait été notre chemin. À toi le saint et à moi le bouffon, Dieu ne réservera-t-il pas une place commune, ne nous réunira-t-il pas en de célestes retrouvailles ? Je n'ose y croire mais je l'espère de toutes mes dernières forces.

Depuis plusieurs minutes, à mesure que s'approche l'échéance, je suis assailli par la vision du fils de l'Écriture, ce fils prodigue dont le père attend depuis des années l'improbable retour. Le père ne cesse de scruter l'horizon, tandis que ses gens, en son domaine immense, vaquent à leurs occupations. Puis un jour, le ventre noué d'émotion, il voit poindre la silhouette du fils exsangue, réduit à l'état de squelette, et il se précipite à sa rencontre pour le prendre dans ses bras. Le fils a eu beau dilapider sa part d'héritage en filles et en beuveries, il revient enfin, penaud et lamentable, mais en vie, et même si le frère – resté, lui, à son poste – s'y oppose avec violence, le revenant aura droit au veau gras et aux vêtements cousus d'or.

Mais je ne sais pourquoi je te donne tous ces détails. Tu connais cette histoire mille fois mieux que moi ; l'Évangile est ta demeure, tu en sais les moindres recoins. Le père, le fils, le frère, les troupeaux de porcs, les courtisanes et la famine…

En cet instant précis, Francesco, toute colère m'a quitté. Le cynisme n'est plus mon lot. Aucune injure, aucun sarcasme ne peut plus s'écouler de ma plume. Elle est bien usée celle-là, d'ailleurs, émoussée par ce long parcours qui l'a menée, sur les écritoires, là où elle ne voulait pas aller, où je n'entendais pas qu'elle aille. Jusqu'au bout de la nuit elle aura bataillé pour ne pas me laisser baisser la garde devant toi. Jusqu'au bout elle se sera battue, cette plume, pour l'honneur de mon nom, de ma famille, de ma position, pour garder un espace à mes passions irrépressibles : l'or, l'argent, les brocards et les plaisirs amers.

Jusqu'au bout, sujette à des crises subites, à des renvois hystériques, elle aura tenté de me rappeler la justesse de mon courroux, la nature de mes intérêts, l'étendue de mon bon droit.

Je devrais lui en savoir gré. C'était une belle plume d'oie de Toscane, fidèle et sincère, plongeant bravement dans l'encre brune des encriers de corne. Mais, usant de mes propres ruses contre mon obstination, elle a fini par avoir raison du prisme à travers quoi je voyais le monde à l'envers.

Maintenant, je suis bouleversé.
Tu es le père, je suis le fils, je reviens.
Je rends les armes et je reviens.

Tu avais raison : j'ai fauté contre le ciel et contre toi. Je ne suis plus digne d'être appelé ton père.

Au feu !

Toute justification est désormais inutile. À l'aube, j'ai tout jeté au feu, tout ! La liasse de feuilles noircies s'est enflammée en un instant sur ce qui restait de braises dans la cheminée, et avec elle cette satanée plume, avec ses pennes et ses barbules. Tu n'auras pas ma missive, Francesco, tu ignoreras mon testament. Il ne reste plus rien de mes souvenirs, rien de ma plaidoirie, rien pour me justifier auprès de toi.

J'ai tout jeté au feu, et je suis parti.

À présent, je monte vers toi désarmé, mineur, sans avocats. Les premières lueurs du jour rougissent le creux du ciel. Giacomina m'a bien précisé que là-haut, à l'ermitage des Carceri, déserté par tes frères, nous serons seuls, toi et moi.

C'est moi qui monte, et non ma vie. Je n'ai plus peur. Je suis libre comme l'air, délesté de moi-même.

Peut-être sur le chemin serai-je secoué par une dernière révolte, peut-être d'ultimes bouffées de colère viendront-elles torturer la surface ridée de mon visage ou me projetteront-elles à terre, écumant, en soubresauts désespérés. Mais je me relèverai, je piétinerai ma honte et mon courroux, j'effacerai derrière moi toute trace de mémoire et, l'esprit libéré, je reprendrai la route.

J'ai passé les portes de la ville seul, sans cheval, sans serviteur pour me guider, sans hommes d'armes pour me protéger. J'ai choisi pour te rejoindre d'emprunter les sentiers les plus étroits, ceux-là même par où m'avait fait passer Baccio lorsque j'avais déjà tenté d'aller t'apercevoir de loin, là-haut. Dans l'ascension, les buissons d'épines me griffent le corps et l'esprit, raturant mon passé, effaçant les derniers arguments, arrachant mes souvenirs. Malgré la raideur de mes membres de vieillard, je dois de temps en temps enjamber les troncs d'arbre tombés en travers du sentier.

La chaleur monte sur la plaine à mesure que je me rapproche de toi. La sueur perle sous mes vêtements, et j'ai dû en abandonner une partie sur la route.

Dans une heure, je serai face à toi, Francesco. Si tes yeux te permettent encore de distinguer une silhouette, tu verras apparaître celle d'un vieillard à moitié nu, dépouillé de sa superbe, pas plus reluisant qu'un gueux de San Rufino, mais libre, infiniment libre de toute entrave, prêt à affronter la divine présence, à approcher de la sublime destination.

Tu apparaîtras, intimidant, dans la pénombre de l'ermitage, et mon cœur se serrera. Je n'ouvrirai même pas la bouche pour implorer ton pardon. Car bien plus que ta pitié, c'est la lumière qui désormais m'importe : cette clarté éblouissante à l'attraction de quoi tu t'es abandonné depuis tant d'années, et à laquelle je consens désormais.

Au seuil de la mort, je comprends enfin où tout cela t'a mené, et vers où je vais aussi. La faille n'était que l'affaire d'un moment. C'était une brèche, en toi, en moi, d'où nous pouvions apercevoir la lumière, l'incroyable lumière, et, oubliant nos obsédantes inquiétudes, notre narcissique désespoir, nous tourner vers elle.

Mes forces m'abandonnent. Là-haut, notre sœur la mort va venir s'inviter dans notre rencontre et entre nous s'asseoir *in extremis*.

Mais avant de rendre à Dieu mon âme trop longtemps déchaînée, et avant que toi-même ne quittes ce monde, je vais te revoir, Francesco.

Et je pourrai partir dans cette paix que je me suis toujours refusée, dans ce bonheur débordant que je n'ai jamais connu. *Nunc dimittis*...

Achevé d'imprimer le 8 juin 2016
sur les presses de
La Manufacture - Imprimeur – 52200 Langres
Tél. : (33) 325 845 892

N° imprimeur : 160524 - Dépôt légal : février 2016
Imprimé en France

Cet ouvrage a été composé
par Atlant'Communication
au Bernard (85560 – Vendée).